国家古籍整理出版专项经费资助项目

章培恒 安平秋 马樟根 主编

黄庭坚集

朱安群 等 导读

倪其心 审阅

中华文史名著精选精译精注
·
全民阅读版

凤凰出版社

图书在版编目（CIP）数据

黄庭坚集 / 朱安群等导读. -- 南京：凤凰出版社，2020.8

（中华文史名著精选精译精注：全民阅读版 / 章培恒，安平秋，马樟根主编）

ISBN 978-7-5506-3163-2

Ⅰ．①黄… Ⅱ．①朱… Ⅲ．①古典诗歌－诗集－中国－北宋②古典散文－散文集－中国－北宋 Ⅳ．①I214.412

中国版本图书馆CIP数据核字(2020)第063059号

书　　　名	黄庭坚集
导　　　读	朱安群 等
责 任 编 辑	崔广洲
书 籍 设 计	徐　慧
出 版 发 行	凤凰出版社(原江苏古籍出版社) 发行部电话 025-83223462
出版社地址	南京市中央路165号，邮编：210009
出版社网址	http://www.fhcbs.com
照　　　排	凤凰零距离数字印前中心
印　　　刷	苏州市越洋印刷有限公司 苏州市吴中区南官渡路20号　邮编：215104
开　　　本	880毫米×1230毫米　1/32
印　　　张	7.5
字　　　数	155千字
版　　　次	2020年8月第1版　2020年8月第1次印刷
标 准 书 号	ISBN 978-7-5506-3163-2
定　　　价	39.00元

（本书凡印装错误可向承印厂调换，电话：0512-68180638）

丛书编委会

顾问
周林　邓广铭　白寿彝

主编
章培恒　安平秋　马樟根

编委
马樟根　平慧善　安平秋　刘烈茂
许嘉璐　李国祥　金开诚　周勋初
宗福邦　段文桂　董治安　倪其心
黄永年　章培恒　曾枣庄
（以上为常务编委）

王达津　吕绍纲　刘仁清　刘乾先
李运益　杨金鼎　曹亦冰　常绍温
裴汝诚
（以上为编委）

目录

导读 ··· 1

诗 ··· 1

次韵和台源诸篇九首（选一）············ 3

次韵赏梅 ································· 5

清明 ······································ 7

早行 ······································ 9

次韵裴仲谋同年 ························ 11

流民叹 ··································· 13

夏日梦伯兄寄江南 ····················· 17

答龙门潘秀才见寄 ····················· 19

弈棋二首呈任公渐（选一）············ 21

郭明甫作西斋于颍尾，请予赋诗二首（选一）
··· 23

晓起临汝 …………………………………… 25

过平舆怀李子先时在并州 ………………… 28

秋怀二首 …………………………………… 30

古诗二首上苏子瞻（选一） ……………… 33

闰月，访同年李夷伯子真于河上，子真以诗谢，
　　次韵 …………………………………… 36

过方城寻七叔祖旧题 ……………………… 38

竹轩咏雪，呈外舅谢师厚，并调李彦深 … 40

乞猫 ………………………………………… 43

王稚川既得官都下，有所盼未归，予戏作《林夫
　　人欸乃歌》二章与之（选一） ……… 44

汴岸置酒赠黄十七 ………………………… 47

池口风雨留三日 …………………………… 49

次韵公择舅 ………………………………… 51

题落星寺岚漪轩 …………………………… 53

姨母李夫人墨竹二首（选一） …………… 55

赣上食莲有感 ……………………………… 56

次元明韵寄子由 …………………………… 59

睡起 …………………………………………… 61

答余洪范二首（选一）…………………… 63

上大蒙笼 ………………………………… 64

雕陂 ……………………………………… 67

登快阁 …………………………………… 70

寄晁元忠十首（选一）…………………… 72

夜发分宁寄杜涧叟 ……………………… 74

送王郎 …………………………………… 76

寄黄几复 ………………………………… 79

送范德孺知庆州 ………………………… 81

次韵王荆公题西太一宫壁二首（选一）…… 84

有怀半山老人再次韵二首（选一）………… 86

奉和文潜赠无咎，篇末多以见及，以"既见君子
　　云胡不喜"为韵（选二）………………… 88

送顾子敦赴河东三首（选一）……………… 91

咏雪奉呈广平公 ………………………… 93

双井茶送子瞻 …………………………… 95

戏呈孔毅父 ……………………………… 97

次韵子瞻和子由观韩干马，因论伯时画天马 …… 99

题郑防画夹五首(选一) …………………… 103

次韵王定国扬州见寄 …………………… 105

再答元舆 ………………………………… 107

和游景叔月报三捷 ……………………… 110

题伯时画顿尘马 ………………………… 112

题伯时画严子陵钓滩 …………………… 114

听宋宗儒摘阮歌 ………………………… 116

题竹石牧牛 ……………………………… 120

嘲小德 …………………………………… 122

戏答俞清老道人寒夜三首(选一) ……… 124

秘书省冬夜宿直寄怀李德素 …………… 126

同元明过洪福寺戏题 …………………… 128

演雅 ……………………………………… 130

竹枝词二首 ……………………………… 138

和答元明黔南赠别 ……………………… 141

蚁蝶图 …………………………………… 143

次韵黄斌老所画横竹 …………………… 145

次韵答斌老病起独游东园二首(选一) … 147

又答斌老病愈遣闷二首(选一) ………… 149

跋子瞻和陶诗 …………………………… 151

次韵中玉水仙花二首 …………………… 153

王充道送水仙花五十枝，欣然会心，为之作咏
………………………………………… 155

赠李辅圣 ………………………………… 157

和高仲本喜相见 ………………………… 159

雨中登岳阳楼望君山二首 ……………… 161

题胡逸老致虚庵 ………………………… 163

新喻道中寄元明用觞字韵 ……………… 165

湖口人李正臣蓄异石九峰，东坡先生名曰"壶中九华"，并为作诗。后八年自海外归湖口，石已为好事者所取，乃和前篇以为笑，实建中靖国元年四月十六日。明年，当崇宁之元年五月二十日，庭坚系舟湖口，李正臣持此诗来，石既不可复见，东坡亦下世矣，感叹不足，因次前韵 …………………………………… 167

题李亮功戴嵩牛图 ……………………… 170

武昌松风阁 ……………………………… 172

鄂州南楼书事四首（选一）…………… 176

寄贺方回 …………………………… 177
十二月十九日，夜中发鄂渚，晚泊汉阳，亲旧携
　酒追送，聊为短句 …………………… 179
书摩崖碑后 …………………………… 181
宜阳别元明用觞字韵 ………………… 186

文 ………………………………………… 189
与王观复书 …………………………… 191
答洪驹父书 …………………………… 196
道臻师画墨竹序 ……………………… 201
《小山词》序 ………………………… 206
黔南道中行记 ………………………… 211

导读

黄庭坚(1045—1105),字鲁直,号山谷道人,又号涪翁,洪州分宁人①。他是北宋后期著名的文学家、书法大家。诗与苏轼齐名,为江西诗派开创者,对后世有深远影响。

黄庭坚在英宗治平四年(1067)中进士,初任叶县尉②。早期的诗流露了不满官场和体恤百姓的情绪。熙宁五年(1072)除国子监教授,在任八年。此期间与苏轼缔结文字之交,情兼师友,终身不渝。诗作由绘声绘形、丰姿动人的世俗美开始向绘神绘理、意脉跳跃、锋芒内敛的朴拙美转轨,诗名亦渐为世知。元丰三年(1080)改官知吉州太和县③。当时新法中盐法厉行,百姓深以为苦,黄庭坚深入僻野,了解民瘼,行宽简之政,深得民众爱戴,写有多篇反映民生疾苦的诗。元丰六年起,调监德州德平镇④。哲宗即位,高太后听政,元祐更化,旧派得势。苏轼

---

① 分宁:今江西修水县。
② 叶县:今河南叶县。
③ 太和县:今江西泰和县。
④ 德平:县名,在今山东西北部。

兄弟入朝任职,黄庭坚也被召为秘书省校书郎,参与修《神宗实录》,知友们诗酒唱酬,听乐赏画,切磋琢磨,艺术上大获长进。黄庭坚诗在此期间形成独特风格。清雅绝俗,诙谐多趣,当时号称"庭坚体"。绍圣绍述,哲宗亲政,新派以修《神宗实录》不实的罪名,贬黄庭坚为涪州别驾、黔州安置①,后又移置戎州②。六年贬居,生活极艰难,创作却精进,诗意更趋幽微,哲理性与人生感慨同时加深。元符三年(1100),哲宗死,徽宗即位,政局两度波动,大权终落到所谓的新派手里,党祸大起。黄庭坚虽受起复之命,但在崇宁二年(1103)被新派罗织罪名,除名编管宜州③。三年夏,抵贬所,备受折磨,四年九月逝世。

黄庭坚生长的时代,庆历新政受挫,新的改革正在酝酿,当他成年走入仕途,正值神宗熙宁初期,王安石新法被大力推行。他的政治生涯和北宋波谲云诡的政治变革相终始,他的命运则和王安石变法以及其后的新旧党争息息相关。在地方官任上,他能了解下情,知道新法的弊病所在,因而能够灵活变通,避免扰民,尽力便民。在旧派得势时,他不像司马光那样全盘否定新法;虽然他一直和旧派关系很深,但在举世攻讦王安石其人其政时,他却称颂王安石的道德文章。对不问是非,用玉石俱焚的态度否定新法新派表示不同见解,而尤不满于分党裂派,用此抑彼,造成人才损毁,政局波动。他主张客观地评价王安石,兼用新旧人才,反对排除异己。这些都在

---

① 涪(fú)州:今属重庆市涪陵区。黔州:今重庆市彭水苗族土家族自治县。
② 戎州:今四川宜宾市。
③ 宜州:治所在今广西河池市宜山区。

他的诗作中有明确反映。当以程氏兄弟为代表的洛学和以苏轼为代表的蜀学形成派别门户之争时,黄庭坚虽属"苏门学士",但对此持超然态度,这都表现了他正直的品格与卓异的见解。

宋代文人多饱学之士,黄庭坚更是博览群书,除认真研读儒家的经籍外,还广泛阅读诸子百家、稗史杂说,尤精老庄玄理和佛典精义。他深受佛老影响,诗中多所表现,但他的主导思想仍是孔孟之道,是"仁民爱物""修己安人",是"富贵不能淫,贫贱不能移"。他是带有宋代理学特色的正统儒者。他接受佛家的"止观""看定",讲"养心去尘缘""守心如缚虎",是对儒家"反身而诚""养浩然之气"的补充和强化。他接受庄子的虚无观、齐物论,深知"阅世浮云易变迁",因而放心于"膜外荣辱境","远功利,薄轩冕",与世无争,随时想着归隐山林。这只不过是以老庄思想应付人生的逆境困境,作为极度苦闷中的精神解痉剂而已,决非遗世独立。

正因为受过"仁民爱物""忠信孝友""兼济天下"的儒学熏陶,他在诗文创作中,很重视思想内容。他有不少反映统治阶级"苛政猛于虎"、同情人民苦难的篇章。特别在地方官任上,写了一些真切反映农民呼声的现实主义作品,这也许和他跋山涉水深入了解民情有关。本书所选的《流民叹》《上大蒙笼》《雕陂》,这一类是正面接触现实的。还有不少是在友人赴任前后,通过赠诗劝友人廉政爱民来侧面表现,如《寄李次翁》《送郑彦能知福昌县》《送谢公定作竟陵主簿》等。本书中选的《送顾子敦赴河东》,一则曰"马乳葡萄不待求",二则曰"两河民病要分忧",三则告诫他不要轻启边衅,人民不堪重负:"犹闻昔在军兴日,一马人间费十牛。"悯民之心,跃然纸上。黄庭坚批评过苏轼"好骂",也反对诗"怒邻骂座","发为讪谤侵陵",无非是反对锋芒毕露,要求含蓄幽曲一点,有人却说他反对干预生活,这不合事实。黄诗干预生活的内容很广泛,有对蝇营狗苟、擅作威福的官场众生相的揭露和讽刺;有对趋利忘义的庸俗士风的冷嘲;有对怀才不遇者的同情,特别是对友人横遭迫害,如陈师道的终身困顿、秦观的壮年致死,更是在痛惜悲悼中寓有对朝政的控诉与抗议,如《病起荆江亭即事十首》之八、《寄贺方回》;有在险象环生的政治漩涡中对友人的提醒,如《双井茶送子瞻》;还不时流露对宦游生活的厌倦,对避祸归田的呼唤,以及直言谔谔批评党争,呼吁加强团结、消除派别摩擦、不分门户用人才等等,屡见不鲜。宋朝积贫积弱,边患严重,文人忧国爱国的情绪痛切深沉。黄庭坚呼吁加强边防、抗御侵扰,歌颂抗击战争胜利、赞美爱国将领的篇章也不少,如《次韵游景叔闻洮河捷报寄诸将四首》《和游景叔月报三捷》《送范德孺知庆州》等。《送张材翁赴秦签》对朝廷的屈辱求和政策表示强烈不满,为爱国者难以走上前线建立战功感到惋惜。所有这些,都有针对现实痛下针砭的作用,怎能说他不主张干预生活呢? 此外,他还有许多和知友、亲属唱和,抒发亲情,表现个人经历与感受的作品,题画、赏乐、论书法以及题咏琐细事物的作品,或寓讽谏,或言妙理,或抒识见,都表现了作者对生活的执着与热爱,他对醉隐之类的呼喊,不是对生活的逃避,恰恰是他关注现实生活的结果,是一种愤懑的宣泄。总之,黄诗内容丰富,时代忧患意识则是其主旋律。

黄庭坚强调多读书，发过"无一字无来处""点铁成金"的议论，目的是克服情景雷同、意象陈旧、语言滑易的毛病，力争诗句新人耳目，出奇制胜。他倡导"夺胎换骨"，示人以诗法，是为了引导初学者由有法进入无法，不受成法的束缚，从而探索创新。黄庭坚强调"诗者人之情性"，"情之所不能堪，因发于呻吟调笑之声"，从理论主张到创作实践，都重视诗情诗意。他追求"诗之美"，是艺术之美。首先他重视比兴，注意用形象思维，其次是强调向诗骚学习，"其兴托高远则附于国风，其忿世疾邪则附于楚辞"，有感而发。所以他的诗，一有形象，二有真情，构成艺术的美，真实的美。应当指出，有的学者批评指责黄庭坚有脱离生活的形式主义倾向，是不符合他的诗论和创作的实际的。

黄庭坚在诗的构思上很注意通过想象和联想寻找比喻和象征，使自己的思想感情外化，如《次韵赏梅》《赣上食莲有感》《古诗二首上苏子瞻》《竹轩咏雪，呈外舅谢师厚，并调李彦深》《题伯时画顿尘马》《题郑防画夹》等诗都有这样的艺术特点。他还注意并且善于把草木虫鱼组成形象图画展示社会关系，如《演雅》《蚁蝶图》《题李亮功戴嵩牛图》《题竹石牧牛》《同元明过洪福寺戏题》、水仙花诸题，都是生动可喜又引人遐思的。他还常用典故烘托人物的遭际性格、理想情操，如"官如元亮且折腰，心似次山羞曲肘"，"燕颔虎头空有相，蛾眉倾国自难昏"，"持家但有四立壁，治病不蕲三折肱"，"一丘一壑可曳尾，三沐三𩕳取刳肠"，都能为人物剪影传神。他为一群拔乎流俗的人物传神写照，有的爱国忧时，有的怀才不遇，有的抱道而居，有的不甘沉沦，创造了不少生动的形象，如《戏赠彦深》等诗中的李彦深,"作人有佳处","作诗有佳句",高洁如雪,坚贞如竹,可穷得"未尝一饭能留客",自己"倚墙扪虱读书策",妻子"宁剪髻鬟不典书","大儿得餐不索鱼,小儿得袴不索襦",寒士形象令人历久难忘。他笔下的其他友人,如张耒、晁氏兄弟、秦氏兄弟、谢公定兄弟、陈师道、余洪范、陈元舆、黄几复、黄注以及《陈留市隐》中的隐者,无不性格鲜明。从黄诗所写的许多人物,又可反观黄庭坚的自我形象。他诗中最重要的形象是抒情主人公自己,他表现形象的最大特点和优点是通过心灵的自我观照来反射社会问题,展示特定环境中的特定性格。政局的翻覆使他一直怀着戒心生活,"有手莫炙权门火,有口莫辩荆山玉","林间醉着人伐木,犹梦官下闻追呼",这种畏首畏尾、战战兢兢,余悸在醉梦中也难消退的心埋,不正是残酷黑暗的现实的折光吗?尽管他采取远祸避害态度,亦仕亦隐,既"忍"且"默","胸中九流清似镜,人间万事醉如泥",和光同尘,与世周旋,但心底的愤激和不平始终压抑不住,时时流露出来,读者从中可以感到一个抒情主体的存在。这样一个平和而兀傲的抒情主人公,像一个聚焦点,集束、投射着那个时代中下层士大夫的普遍精神状态,这便是山谷自我形象的典型意义。

黄诗是发乎"情"的。过去有的学者、作家批评黄诗,"短于言情"(袁枚《随园诗话》),"锻炼精而性情远"(刘克庄《后村诗话》),"有奇而无妙"(王若虚《滹南诗话》),"筋骨有余而肉味绝少"(田同之《西圃诗话》)等等。事实上,黄庭坚是很注意追求诗情、诗趣、诗味的。黄诗中有悯民之情,爱国忧民之情,畏祸之情,思归思乡之情,友朋之情,兄弟之情,儿女之情,贬居中的凄怆,困顿时的自慰,无往而非情。在感情不能正常抒发时,用扭曲的方式表现,造成幽默调侃的趣味。诗集中有很多"戏赠""戏和""戏答""戏咏"之作,就是这样产生的。本书所选的《戏答俞清老道人寒夜三首》《嘲小德》《竹轩咏雪,呈外舅谢师厚,并调李彦深》,都是谑而不虐,表现人与人之间无拘无束的关系,既以情感人,又以趣怡人。他还喜欢用典故,出奇句,追求文字趣味,寓庄于谐,初读难入,细读耐咀嚼,有回甘味,形成黄诗独具的特色。

有特色的"庭坚体"的形成,非一朝一夕之功,而是他以毕生精力专攻诗道的结果。他之所以走上这条路,首先是家庭的熏陶,他的父亲、岳父、兄长都工于诗。父黄庶是学杜甫的,有《伐檀集》行世,在学杜诗上给了庭坚以启发。先后两位岳父孙莘老和谢师厚,都是有成就的诗人。其次是他吸收和继承了我国诗史的丰富传统。《国风》《楚辞》、汉乐府、陶渊明、徐陵、庾信、杜甫、韩愈、李商隐、西昆派、梅尧臣、王安石、苏轼都对他有影响。其中影响较大的是王安石,他自己说:"余从半山老人得古诗句法。"(《观林诗话》引);影响最大的则是陶渊明和杜甫,"拾遗句中有眼,彭泽意在无弦"。杜甫的忧国悯民、法度严谨是他所敬慕、追随的,陶渊明的文体省净,归于平淡,由有法到随心所欲,无往不法,是他追求的最高境界。再次是他不满足于"随人作计"。在学习传统、博采众长的基础上,努力创新。他的创新有两个前提值得注意:一是唐诗成就极高,作为宋人,他不甘依傍前人门户,不说争取胜于唐诗,至少要异于唐诗;二是北宋前辈大诗家已经逐渐转变了唐风,特别是苏轼,天才纵恣,奠定了诗文革新的决胜局面,黄庭坚要"自成一家",必须弄斧班门,锤幽凿险,独辟蹊径。在这两重追求中,黄诗所以能力破前人余地,别开新境,主要靠了庭坚深厚的学识修养和严肃认真的创作态度。"一句一字,必月锻季炼,未尝轻发"(任渊《山谷诗注·序》),"用一事如军中之令,置一字如关门之键"(黄庭坚《跋高子勉诗》),真正做到了"以杜子美为标准",如杜甫所说,"语不惊人死不休"。

面对唐末前辈,黄庭坚有"我不为牛后人"的志气;面对五代以来的固陋浅俗、西昆的富丽庸俗的影响仍存的现状,他必须有所振起。这样,去陈反俗便成为他一生在诗歌创作上的奋斗纲领。为了去陈,他力求创新,"极风雅之变,尽比兴之体,包括众作,本以新意"(《王直方诗话》),进而"专意出奇"。他在韩、苏扩大题材的基础上继续开拓,除反映军政大事外,多写历史经验、古今学理、佛道妙谛、艺术品评,乃至把繁事琐物引为诗材,从而发掘诗意,寄托感情。为避开熟事、熟物、熟境、熟貌,他倡导"以俗为雅,以故为新",从俗物古书中寻找意象。"浇君胸中过秦论""寒炉余几火,灰里拔阴何""夜谈帘幕冷,霜月动金蛇""寒藤老木被光影,深山大泽皆龙蛇""能令汉家重九鼎,桐江波上一丝风",这类诙奇的意象,能使人一读就惊心动魄,深思细审,历久难忘。相应地,在章法结构上,突破先景后情、一事一抒的模式,不墨守起承转合的框架,常常突然而起,兀然而结。他尤长于正反开阖,或从侧面反面接触主题,如《再答元舆》;或由大范围层层紧缩到中心,然后逆卷回去,如《题王黄州墨迹后》;或先行蓄势,在临近结束时,意脉突然断裂,旁入他意,收奇正相生之效;有时又进出逆挽之句、玄妙之理,匪夷所思,如《王充道送水仙花五十枝,欣然会心,为之作咏》等等。反俗是黄庭坚在美学追求上的基本标的。他说,"宁律不谐而不使句弱,用字不工,不使句俗","俗便不可医也"。他称赞他人的诗、画、书法,都有一个核心的标准:"无一点尘俗气。"为了反俗,他追求诗的高格。什么是高格?普闻《诗论》解答得很清楚:"格高本乎琢句,句高则格胜矣。天下之诗,莫出于二句,一曰意句,二曰境句。……境句人皆得之,独意不得其妙者,盖不知其旨也。所以鲁直、荆公之诗出于流辈者,以其得意句之妙也。"一是琢句,二是求意之妙,黄诗正是通过这两点达到"格调高古"的。

黄庭坚一生重视句法,论述颇多。他精于炼字,安排句眼,善于用散句拗句入诗,突破语序、文气之常规,以使句意曲折,文气跌宕。他又运古于律,突破平仄粘对格律,以拗峭生涩矫圆熟平弱之弊,使读者接触诗句感到骨格峻拔,巉岩怒耸,态势非凡。由句式的锻炼,使整个诗的外部形态瘦劲警动,汰尽芜杂,形枯意丰。他要求句无闲字,篇无闲句;句中有深蕴,耐得咀嚼;句外有跳跃,供人填充;做到"全是骨,全是味","不可以色相声音求"。"忘形得意"(欧阳修语),"求物之妙"(苏轼语),是宋诗的普遍趋向。黄庭坚推进这一趋向,熟练地运用禅悟方法去寻求和表现宇宙万物的妙理,把摹写生活场面转为解剖生活断面,从慨叹人生发展为探索人生,即使是琐屑的事物,也能开掘出独特的要眇之理。或精微,如《薄薄酒》;或浑茫,如《戏题小雀捕飞虫画扇》,妙不可传。他不但能微观地向事物中"悟入",还能宏观地把握万事万物,在入世、出世的矛盾中寻找超世之路,用宽大的胸怀包容一切,睥睨一切:"正令夷甫开三窟,猎以我道皆成擒!"就这样,他创造出了"包含欲无外,搜抉欲无秘,体制通古今，思致极幽眇"（陆九渊语）的诗的高境高格，创立了峭刻生新、瘦硬老辣的"山谷体"。他的高尚的人格，同流而不合污的处世态度，他探出的悟入悟出的路径，他开出的琢句构篇的法门，深为同时和后世的诗人们敬慕，因有许多人追随而形成江西诗派。曾季狸《艇斋诗话》曾指出江西诗派诸人学黄的程度，侧重点有不同，"其实皆一关捩，要知非悟入不可"。深中肯綮，符合宋诗走向。黄庭坚诗尽管有这样那样的缺点，如用事碎琐，语言槎枒，过于晦涩，成为只能供少数人赏玩的古董，但他终是扫荡了晚唐五代的柔靡习气，和苏轼一道，确立了宋诗的独特风范，赢得了"苏黄"并称的荣誉，开拓之功不可没。

　　黄庭坚的散文数量也不少，《类编增广黄先生大全文集》除古赋外，列出二十二门，颂、赞、碑、铭、帖、偈、记，应有尽有。但黄文的影响，远不及他的诗词。黄自己也说，"作诗颇有悟处，若诸文亦无长处可过人"（《论诗文帖》），可说有自知之明。黄文影响不大的原因可能有两点，一是儒学说教的气味太重，诸如"深之以经术之义味""孝友忠信是此物之根本""留意治心养性""耕礼义之田而深其耒"，一本正经，与诗中的诙谐，词中的温馨，大异其趣；二是写景抒情的文章太少，一些记体文字也主要是发议论，讲哲理，略无情味。黄文也有佳作，语言朴质简洁，富于力度，说理比较深刻透辟，前人称其有西汉风。他的文集中最可读的是书信、题跋，讲人生的体验、创作的要诀，往往运用比喻，生动深刻。如《答洪驹父书》等。再就是书序、诗序、祭文、行纪，其中有不少有感情、有形象的篇章。《〈小山词〉序》突现晏几道的性格，《胡宗元诗集序》写得那样有气势，都因为作者倾注了自己的感情，寄托了自己的愤懑。还有些诗前小序，短小精悍，补足诗意。著名的《再次韵杨明叔·序》提出"以俗为雅，以故为新"理论，写来既有亲切情味，又连用比喻，这类可与苏轼的"志林"比美。限于篇幅，本书只选了书简二篇，序二篇，行纪一篇。

黄诗用典极多，跳跃很大，今译极为困难。本书主要采取直译，尽力忠实于原文。先求"信"，再求"达"，但限于水平，难臻于"雅"。古今注家对原文理解有歧义、多义的，一般选择一种。以任渊、史容之精审博洽注解黄诗，尚多有疏失；还有四百多首黄诗，至今无人译注。本书注译肯定存在失误，幸望方家与读者教正。

朱安群（江西师范大学文学院）

诗

次韵和台源诸篇九首(选一)

云涛石

本题作于宋英宗治平三年(1066),当时作者二十二岁。"台源"是黄庭坚叔父黄襄,字圣谟,号台源先生,是位隐士。本题九首都写山川风景。这首《云涛石》歌咏一块像云涛的奇石,其特点是抒写意想中的山川风光,抒发隐逸情趣。方东树《昭昧詹言》说它"全是以实形虚,小题大做,极远大之势,可谓奇想高妙",但诗中一系列想象与客体的"云涛"始终扣得很紧,又与作者追求隐逸情趣密切相关。物、我、意、象浑一,境界自生。想象奇特,结构层次清楚,句法平易流畅,体现了黄庭坚早期诗歌艺术的特点。

造物成形妙化工, 地形咫尺远连空。
蛟鼍出没三万顷①, 云雨纵横十二峰②。
宴坐使人无俗气, 闲来当暑起清风。
诸山落木萧萧夜, 醉梦江湖一叶中③。

① 鼍(tuó)：鳄类动物。顷：面积单位，一顷为一百亩。 ② 十二峰：四川东部的巫山有十二峰。宋玉《高唐赋序》讲到楚王在巫山梦与神女欢会，神女辞别时说自己将"旦为朝云，暮为行雨"。此处由石形如云涛联想到巫山云雨。 ③ 一叶：代指小舟。

翻译

万物创造成形妙入化工，
高出地面只有咫尺却远连苍空。
好似蛟鼍出没在三万顷水域，
好似云雨纵横在十二座山峰。
晚（久）坐其上使人不沾俗气，
闲暇来赏暑天也起清风。
当此群山落叶萧萧之夜，
梦里已到江湖一叶扁舟中。

次韵赏梅

这首赏梅诗是黄庭坚的早期作品。诗中从梅花和赏梅者之间的关系展开联想,以梅的淡泊幽贞比拟人的闲雅高洁,以人的惜花寄寓一种慨叹。其中用"知""笑立""生""洗"等动词表现心理、情态,即物即人,物我浑一,颇为出色。

安知宋玉在邻墙①,　　笑立春晴照粉光。
淡薄似能知我意,　　幽闲元不为人芳。
微风拂掠生春思②,　　小雨廉纤洗暗妆③。
只恐浓葩委泥土④,　　谁令解合反魂香⑤。

① 宋玉在邻墙:宋玉,战国时代的楚国辞赋家,其《登徒子好色赋》叙述东邻有一美女倾心于己,曾登墙窥望,自己三年不为所动。这里活用典故,将高洁的梅花比喻成不登墙窥看宋玉的美女。　② 春思:春天的情思。　③ 廉纤:细雨纷飞的样子。　④ 浓葩:意思是说,梅花如果长成浓艳的花。委:萎落。　⑤ 解:懂得。合:配制合成。反魂香:一种能起死回生的熏香。《博物志》记载:汉"武帝时,西域贡反魂香三枚,病者闻之即起,疫死未三日者熏之即活"。

翻译

哪会考虑宋玉在不在邻墙,
笑立在春晴中独自照耀粉光。
淡薄好似能知道我的心意,
幽闲本来就不为他人吐芳。
微风拂掠撩动春思,
小雨纷洒洗净暗妆。
我只担心浓花委弃在泥土,
谁懂得用它配制还魂香。

清明

　　治平四年(1067),作者中进士,授叶县尉。他先回乡,到熙宁元年(1068)秋才赴任。本诗当作于熙宁元年春天。诗中就清明扫墓的礼俗,感叹人生的无常,探索人生的价值,讥刺庸俗可厌的世风,彰扬士子耿介坚贞的节操。它用字工稳,属对精巧,比照鲜明,主题突出。颔联以"惊蛰"对"雨水",是春天的节候;颈联以应时人物为对,一浊一清;末联提问感慨,警醒有力。

佳节清明桃李笑,　野田荒垅只生愁①。
雷惊天地龙蛇蛰②,雨足郊原草木柔。
人乞祭余骄妾妇③,士甘焚死不公侯④。
贤愚千载知谁是?　满眼蓬蒿共一丘。

---

① 垅:指坟墓。　② "雷惊"句:春雷惊动天地间蛰伏的龙蛇。
③ "人乞"句:出自《孟子·离娄·齐人有一妻一妾》。齐人在东郭墓地向祭奠者乞讨祭余酒肉,饱食后回家向妻妾炫耀阔人请他。
④ 士:指介之推,曾跟从晋公子重耳出亡,后来重耳回国即位为晋侯,对功臣封爵赐禄,介之推逃避,被焚死于山林中,时当清明前一

日。据传,晋文公为纪念介之推,这一天禁烟火,不火食,寒食节因此而来。

翻译

清明佳节桃李如在欢笑,
野田荒冢只能让人生愁。
雷声震动天地龙蛇惊蛰,
雨水灌足郊原草木嫩柔。
齐人乞讨祭余酒肉以骄妻妾,
晋士甘心焚死不愿受封公侯。
贤和愚经历千年谁能辨别,
满眼尽是蓬蒿伴着坟丘。

早行

　　这是熙宁元年(1068)秋天赴任叶县尉时写的。诗里先写早起,再写赶路,选择了一些常见而被人忽略的细节表现早行人的情态和感受,生动而有风致。宦游在外的辛苦与乐趣见于言外。

失枕惊先起①，　人家半梦中。
闻鸡凭早晏②，　占斗辨西东③。
屦湿知行露，　衣单觉晓风。
秋阳弄光影，　忽吐半林红。

① 失枕:心里有事,辗转反侧,头离开了枕头。　② 凭:据以,句意是根据鸡鸣声判断时间早晚。　③ 占(zhān):观察判断。斗:北斗。占斗:观察北斗星斗柄所指以辨方位。

翻译

头滑离枕头惊醒了就先起床,
别人家还多半在睡梦之中。

听鸡声来判断早晚,
看北斗来辨别西东。
马缰沾湿知道在早露中行进,
衣服单薄感到送寒有晓风。
秋天的朝阳在播弄光影,
忽然升起映得树林一半变红。

次韵裴仲谋同年

本诗作于熙宁二年(1069)叶县尉任上。裴纶,字仲谋,和作者同榜进士,故称"同年",时任舞阳县尉。这年二月,作者因事到舞阳,得以和裴相见。诗中抒写他乡重逢的喜悦与感触。前四句写两人他乡重遇的地点和氛围,见出友情殷切和相见之难。后四句写短暂相逢时的心态以及未来的惆怅。各联之间跳跃较大而过渡自然,自有一脉真情挚意隐现其中。

交盖春风汝水边①,　　客床相对卧僧毡。
舞阳去叶才百里,　　贱子与公俱少年②。
白发齐生如有种③,　　青山好去坐无钱④。
烟沙篁竹江南岸⑤,　　输与鸬鹚取次眠⑥。

① 交盖:路途相见,车盖相交,倾心相谈。　② 贱子:对自己的谦称。　③ 种(zhǒng):种子。　④ 坐:因为。　⑤ 沙:水边沙岸。篁:竹,竹丛。　⑥ 输与:让给。鸬鹚(lú cí):黑色水鸟,能捕鱼。取次:任意、随便。

翻译

春风中车盖相交在汝水之边,

客床对卧下面垫的是僧用粗毛毡。

舞阳距离叶县只有百里,

当时我与你都还是少年。

转眼间白发长出好像有种,

好去青山隐居无钱难以如愿。

江南岸边的烟沙竹丛,

可惜都让给那些鸬鹚随意安眠。

流民叹

这是一首写地震灾害的歌行,约作于熙宁二年(1069)。熙宁初,河北各地连年遭到旱灾,又发生地震,继以洪水,百姓流离,州郡一空。作者在叶县亲眼看到成千上万灾民南逃求生的悲惨情景,深为感叹。全诗分三节:首段记叙地震灾情;中间就流民苦难发出嗟叹;末段议论如何赈济灾民。长篇古诗讲究立意布局。本诗同情人民,批评朝政,以情导理,以理托情,在抒发忧国忧民的感叹中,寄以委婉的讽谏。

朔方频年无好雨①,五种不入虚春秋②。迩来后土中夜震,有似巨鳌复载三山游③。倾墙摧栋压老弱,冤声未定随洪流④。地文划剖水霶㵒⑤,十户八九生鱼头⑥。稍闻澶渊渡河日数万⑦,河北不知虚几州。累累襁负襄叶间⑧,问舍无所耕无牛。初来犹自得旷土,嗟尔后至将何怙⑨!刺史守令真分忧,明诏哀痛如父母⑩。庙堂已用伊吕徒⑪,何时眼前见安堵⑫?疏远之谋未易陈⑬,市上三言或成虎⑭。祸灾流行固无时,尧汤水旱人

不知⑮。桓侯之疾初无证,扁鹊入秦始治病⑯。投胶盈掬俟河清⑰,一箪岂能续民命⑱。虽然犹愿及此春⑲,略讲周公十二政⑳。风生群口方出奇㉑,老生常谈幸听之㉒。

---

① 朔方:北方。　② 五种:即五谷,泛指粮食作物。　③ 三山:古代神话中的海上三仙山,名蓬莱、方丈、瀛州。《列子·汤问》载,渤海东有五山,随波上下往还,有二山漂流至北极,剩余三山,天帝命十五头巨鳌用头顶住,使之兀立不动。这里讲"复载三山游",指地震,犹今人所谓板块移动。　④ 冤声:对天呼冤。未定:没有停止。⑤ 地文划劙(lí):地面裂开,地层断裂。划劙:割裂。鬐(bì)沸:水涌貌。　⑥ 生鱼头:夸张形容人被淹死,变化为鱼。韩愈诗:"大水浸十日,不惜万国赤子生鱼头。"　⑦ 澶(chán)渊:澶州,今河南清丰、濮阳一带。渡河:渡黄河南逃。　⑧ 累累:一个接一个,一群接一群。襁负:背着婴儿。襁:襁褓,包裹婴儿的布块。　⑨ 怙(hù):依靠。　⑩ 明诏:皇帝下命令昭告天下。哀痛:指怜惜百姓。　⑪ 伊吕:商汤的贤相伊尹和周武王贤相吕尚。这里借指王安石等人,有讽刺意。　⑫ 安堵:安身的住所。堵:墙壁,指屋子。　⑬ 疏远之谋:谋指救灾计划。疏远:粗疏阔略不切世情,自谦之词。　⑭ 三言或成虎:比喻流言多了可以耸动视听。《战国策·魏策》:"夫市之无虎明矣,然三人言而成虎。"　⑮ 尧汤:唐尧、商汤,古来都认为是圣明的君主,但"尧有九年之水患,汤有七年之旱灾"。　⑯ 桓侯:蔡

桓公。扁鹊：名医。《韩非子·喻老篇》载，扁鹊发现桓公有病，桓公不信，觉得没有症状可以验证。病情发展到严重时，再去找扁鹊，扁鹊已逃到秦国，桓公不治而死。这里以病为喻，说明灾祸宜及早防备，否则来不及挽救。　⑰胶：置水中可澄清泥沙。盈掬：满手把儿。俟：等待。　⑱箪：竹篓、筒。一箪：即一箪食，极少的食物。⑲虽然：尽管是这样。　⑳周公十二政：《周礼·地官》："荒政有十二，聚万民，一日散利，一日薄征，三日缓刑……"前人认为《周礼》是周公的书，所以把这十二种救荒办法称之为"周公十二政"。　㉑风生群口：群口生风，大家议论热烈。出奇：议论风生，必将有奇谋迭出。　㉒幸听之：幸：希望。幸愿得被采纳。

翻译

北方连年没有好好下雨，
五谷不登春秋无收。
近来大地半夜震动，
好似那巨鳌再次负载着三神山在邀游。
墙壁塌下、栋梁折断压倒老弱，
叫冤之声还未完就被卷入洪流。
地面开裂水也涌沸，
十户里有八九户溺死成为生鱼头。
听说在澶渊渡河南逃的人一天有几万，
河北地方不知道逃空了几州。

一群群背负着婴儿来到襄城、叶县之间,
要住没有房屋,要耕没有牛。
初来的还能占上点空地,
后来的可又将如何作稻梁谋!
州刺史和县令真心为国分忧,
圣明下诏书表哀痛像百姓的父母。
朝廷上已用了伊尹、吕尚之徒,
什么时候眼前才见到安堵。
我是疏远之人谋划难进献,
三人传言便使人相信市上有老虎。
灾祸流行本来没有定时,
但尧时大水、汤时大旱却没有听说造成大的痛苦。
蔡桓侯的疾病起初没有征兆,
扁鹊入秦后才想要治病。
投下一捧胶怎能指望黄河澄清,
送上一箪饭怎能延续百姓性命。
即使这样我还希望赶上这个春季,
讲一点周公救荒的十二政。
大家议论风生才能出奇策,
我这套老生常谈还希望能有人倾听。

夏日梦伯兄寄江南

本诗作于熙宁四年(1071),时作者为叶县尉。诗中写兄弟离别已一年,日夕思念以至成梦,因而记述梦境,抒发别后相思之情,以寄江南的长兄。首联写梦里相聚,却被惊醒,惆怅无限。第二联补叙,离别一年,以致成梦。三联写景,显出自在而落寞的心情。末联抒写盼望长兄来到的愉悦情景,并与首句相应,写"故园相见"的梦境,感情真挚,亲切感人。

故园相见略雍容①, 睡起南窗日射红。
诗酒一年谈笑隔, 江山千里梦魂通。
河天月晕鱼分子②, 槲叶风微鹿养茸③。
几度白沙青影里④, 审听嘶马自撐笻⑤。

---

① 略:状时间短暂。雍容:亲近和睦之状。 ② 月晕:月亮周围的云气形成模糊的光环。鱼分子:夏日初暖,游鱼产卵,散布水中。
③ 槲(hú):落叶乔木,俗称大叶栎。鹿养茸:鹿在夏日长出新角。鹿茸:公鹿初生的嫩角,为名贵中药材。 ④ 白沙:白色的水边沙岸。青影:树林的绿荫。白沙、青影都是诗人寻觅兄长的地方,分别与五

六句的"河天月晕""槲叶风微"相应。 ⑤审听:仔细搜听。揰筇(zhī qióng):拄着竹杖。

翻译

梦在故园相见兄弟和穆雍容,
睡醒起来南窗上日照通红。
别离逾年不能诗酒谈笑,
江山千里只能梦魂相通。
河水映着月晕游鱼产子,
微风吹动槲叶鹿正养茸。
几次在白沙岸边绿树影里,
我拄着竹筇细听兄长的归马嘶鸣。

答龙门潘秀才见寄①

本诗写于熙宁四年(1071),称颂友人,表达友情。前半见出作者的豪气;后半显出了潘秀才的清高和作者的洒脱。技巧圆熟,风格流利,自然隽永,诗情引人敬慕。

① 龙门:镇名,在洛阳城南,位于伊水(诗中称"伊川")岸边,著名的龙门石窟就凿在山崖上。潘秀才:未详。

男儿四十未全老,便入林泉真自豪。
明月清风非俗物,轻裘肥马谢儿曹①。
山中是处有黄菊,洛下谁家无白醪②。
想得秋来常日醉,伊川清浅石楼高③。

---

① 谢:逊让。 ② 白醪:一种甜味的家常醇酒。 ③ 伊川:比喻隐者之清。石楼:形容逸士品格之高。

翻译

男子汉四十岁没有全老,

就归隐林泉真足以自豪。
明月清风不是世俗物，
轻裘肥马要让给儿曹。
山中到处都有黄菊，
洛下谁家不存白醪。
想象入秋以来整天喝醉，
人品似伊水清浅石楼高。

弈棋二首呈任公渐（选一）

这首咏物诗吟咏弈棋，着力表现弈者的精神状态和争持心理，专心致志，日以继夜。形容生动，用典巧妙，寓庄于谐，不无讽喻。作为地方官员，虽然忙里偷闲，爱好弈棋，不为过失，然而"谁谓吾徒犹爱日"，显出公门无多少实际事务，因而有时间弈棋，也正可寄托无聊，散心消遣。而以此诗呈献县令，请长官了解这种心情，其讽喻便在诙谐自嘲之中。任公渐，当时为叶县令。

偶无公事客休时，　席上谈兵校两棋①。
心似蛛丝游碧落②，身如蜩甲化枯枝③。
湘东一目诚甘死④，天下中分尚可持⑤。
谁谓吾徒犹爱日⑥，参横月落不曾知⑦！

---

① 席：桌席。校：同"较"，较量，比个输赢。两棋：围棋分黑白两色，故称。　② 碧落：天空。　③ 蜩甲：蝉蜕化后的空壳。这里比喻由于冥思苦想，全身凝然不动，变成了无生命的躯壳。典故出自《庄子·达生》，讲一个驼背老人粘（捕）蝉，身子像枯树，手臂像树枝。"虽天地之大，万物之多，而吾唯蜩翼之知"。这里用来形容弈棋者

的专心致志。　④湘东一目:南朝梁时湘东王萧绎,只有一只眼睛好用。在围棋中要有两个"眼"(本方几粒子围着一个空位,为对方的禁着点,叫"眼")才算活棋,一个"眼"就是死棋。　⑤天下中分:项羽曾约定刘邦:"中分天下,割鸿沟而西者为汉,鸿沟而东者为楚。"(《史记·高祖本纪》)这里说弈棋者较量形势,如果是平分秋色,一定要奋力拼搏,决战取胜。上句写局部情况,下句写全局形势,反映围棋者防输求赢心理。　⑥爱日:爱惜时光。　⑦参横月落:参:星座名。参星横斜,月亮西沉,说明夜阑更深。下棋不但夜以继日,而且通宵达旦,状入迷之甚。

翻译

偶然没有公事又值客休时,
座席上交兵比试黑白棋子。
心像蛛丝般在浮游碧落,
身似蝉蜕般已变成枯枝。
湘东剩下一眼真该承认死棋,
天下处于中分态势还可支持。
谁说我们仍爱惜时光,
参星横斜月光西沉都不曾知。

郭明甫作西斋于颍尾,请予赋诗二首(选一)

郭明甫是作者的友人,曾任颍州推官,与苏轼也相交游。颍尾,指颍水下游流入淮河的一段,在安徽颍上县,靠近颍州州治阜阳。郭明甫在颍上修筑西斋,作为隐居之所。这首诗写西斋风景,欲往游赏,既托出对郭明甫的敬慕之情,也表达了自己的思归之心。

食贫自以官为业①, 闻说西斋意凛然②。
万卷藏书宜子弟, 十年种木长风烟。
未尝终日不思颍, 想见先生多好贤③。
安得雍容一樽酒? 女郎台下水如天④。

---

① 业:生业,谋生之道。 ② 凛然:肃然起敬。 ③ 好(hào)贤:爱好贤德之士。 ④ 女郎台:在安徽省阜阳市。传说春秋时胡人嫁女于鲁昭侯,昭侯筑台以迎,故名。

翻译

生活贫困只能把做官作为谋生手段，
听说修筑西斋隐居我为您敬意肃然。
万卷藏书最宜教诲子弟，
十年树木繁茂有如风烟。
我没有一天不思念颍州，
想见您先生多么好贤。
怎能和您从容地杯酒相对，
赏看那女郎台下水波连天。

晓起临汝

本诗作于熙宁四年(1071)冬天,作者县尉任满,离叶县,赴汴京,准备参加学官考试。过临汝时晓起赶路,途中不同景象迎面而来,引起有志难伸的感慨。前半写景叙事,亲切真实,景中含情。后半以思代情,敏锐高旷,幽渺精微。

缺月欲峥嵘①,鸣鸡有期信②。征人催夙驾③,客梦未渠尽④。野荒多断桥,河冻无裂璺⑤。羸马踏冰翻⑥,疑狐触林遁。清风荡初日,乔木啭幽韵⑦。嵩高忽在眼,崟峨连数郡⑧。玄云默垂空,意有万里润。寒暗不成雨,卷怀就肤寸⑨。观象思古人,动静配天运⑩。物来斯一时⑪。无得乃至顺⑫。凉暄但循环⑬,用舍谁喜愠⑭。安得忘言者⑮,与讲《齐物论》⑯。

① 缺月:这里指天快亮时的缺月。峥嵘:本指山势高峻,此处指月亮高挂天空。 ② 期信:按时啼鸣,似讲信用。 ③ 征人:泛指起早

赶路的人。夙驾:早起备好车驾。　④客梦:指自己客旅中做梦。遽:同"遽",急促,短时间内。尽:结束。　⑤璺(wèn):裂纹、裂缝。⑥羸(léi)马:瘦弱的马。翻:滑倒,摔跌。　⑦哢:鸟儿啼鸣。⑧嵩:嵩山。岌(jí):山势高危。峨:巍峨。连数郡:嵩山诸峰在登封境,但山脉向外延伸,连接几个州郡。　⑨"寒暗"句:古人认为"阴阳合而后雨泽降",有阴无阳,不能成雨。卷(juǎn)怀:卷缩、收藏。肤寸:指极小的空间。《说苑·辨物》:"云触石而出,肤寸而合,不崇朝而雨天下。"是说云层由小块很快集合成大片而下雨。这里反用其事,是说乌云下不成雨,又收起来,再分成小块,云散了。　⑩天运:天道运行的规律。天的运行有急有缓、有动有止,人的行动应与之配合,两相适应。　⑪物来:事物的取得,此指功名利禄的获取。⑫至顺:极顺乎情理。　⑬暄:暖,热。循环:凉与热交替出现,比喻人有时处顺境,有时处逆境。　⑭用舍(shě):被任用和被弃置。喜愠:高兴和恼怒。句意是谁因被任用而高兴,因被弃置而恼怒。　⑮忘言者:《庄子·外物》:"言者所以在意,得意而忘言。"意思是说可以互相了解,就不需要说话。这里指彼此可以不言而默契的人。　⑯《齐物论》:《庄子》内篇中的一篇,宣扬齐生死、等荣辱、泯差异的相对主义。

翻译

缺月还要露峥嵘,

雄鸡啼叫最守信。

行路人催促早驾车马,
客店里梦还未做尽。
荒野里尽是些断桥,
河面上冰冻无裂纹。
瘦弱的马匹踏着冰雪偏倒,
多疑的狐狸树林中逃遁。
清新的晨风吹拂初生的阳光,
高大的乔木上鸟儿巧啭幽韵。
高高嵩山忽然已到眼前,
雄峻巍峨绵延了几郡。
乌云默默地垂临上空,
似乎要使万里受到滋润。
可只是阴寒昏黑不下雨,
大块乌云卷缩成肤寸。
观看天象想起了古人,
一动一静都配合着天运。
事物取得只是一时的事情,
无欲无求才算至顺。
寒暑炎凉只是互相循环,
起用与否又有什么喜和愠。
哪里有个忘言的人,
和他谈谈《齐物论》。

晓起临汝

过平舆怀李子先时在并州

　　本诗当作于熙宁四年(1071),当时作者任满离开叶县。李子先是作者友人,先曾隐居,此时在并州为吏。这首诗同情友人沉滞下僚,感叹怀才不遇,缺少知己,仕不如归隐。诗中第三联常为人称道。据《潜夫诗话》载,黄庭坚曾以此联作为教人学写律诗的样式,可见是他的得意之笔。

前日幽人佐吏曹①,　　我行堤草认青袍②。
心随汝水春波动③,　　兴与并门夜月高④。
世上岂无千里马?　　人中难得九方皋⑤。
酒船渔网归来是,　　花落故溪深一篙⑥。

① 幽人:隐士。佐:辅佐。吏曹:下级官吏。　② 青袍:古代未做官的士穿青色的衣袍,故常以"青袍"代寒士或不得志者。　③ 汝水:出河南嵩县天息山,流入颍水。作者在平舆,故云"心随汝水动"。　④ 并门:并州城门。　⑤ 九方皋:春秋时善于相马的人,曾为秦穆公外出求马。　⑥ 故溪:故乡的山溪。深一篙:溪水有一竹竿那么深。这句隐喻桃花源境界。

翻译

前不久你这位隐士出任了佐吏,
我踏堤上绿草便想起你的青袍。
心潮随汝水的春波起起落落,
兴致和并州的夜月一同升高。
世上岂会没有千里马?
人间很难遇到九方皋。
酒船渔网还是归来好,
花落故乡小溪水深一篙。

秋怀二首

此诗题下原注"熙宁八年(1075)北京作"。"北京"在宋仁宗庆历年间设置,在今河北大名。但诗中所写景物是一派江南气象,疑原注有误。诗写秋景中的感怀。前首从秋色写到风声、雨声、虫声、竹声以及砧声,抒发自身孤冷无人过问的悲怆感慨,而以自励作结。后首写秋天物候引发烦愁不安的情绪,感讽交道沦落,抒发友谊渴望,哀叹孤独隔绝。这两首七律有古体的特点,前首失粘,后首押仄韵。显然与这两首诗的凄寂情调相谐,这是黄诗,也是宋诗艺术形式上的一种特色。

其一

秋阴细细压茅堂, 吟虫啾啾昨夜凉。
雨后芭蕉新间旧, 风撼篔筜宫应商①。
砧声已急不可缓②, 檐景既短难为长③。
狐裘断缝弃墙角, 岂念晏岁多繁霜④。

---

① 篔筜(yún dāng):竹。宫、商:古代音阶名。应:高低音相应和。

② 砧声:在石砧上捣衣的声音。 ③ 景:日影。 ④ 晏岁:岁晚。

翻译

秋天的阴气丝丝缕缕压盖草堂,

秋虫吟声啾啾昨夜转凉。

雨打芭蕉蕉叶新间旧,

风摇竹丛声调宫应商。

捣衣砧声已急不可缓,

檐前日影既短难为长。

狐裘脱线抛弃在墙角,

哪有心思考虑岁晚多繁霜。

其二

茅堂索索秋风发, 行绕空庭紫苔滑。

蛙号池上晚来雨①, 鹊转南枝夜深月。

翻手覆手不可期②, 一死一生交道绝③。

湖水无端浸白云, 故人书断孤鸿没。

---

① 号(háo):啼。 ② 翻手覆手:杜甫诗"翻手为云覆手雨,纷纷轻

薄何足数",形容世事变化迅疾。不可期:没有定准。 ③一死一生:《史记·汲郑列传赞》:"一死一生,乃知交情。"

翻译

草堂里索索的秋风吹起,
绕着空庭行走紫苔很滑。
青蛙在池塘上叫着晚来下过雨,
乌鹊在南枝上飞过夜深有明月。
翻手覆手没有定准,
一死一生交道更迭。
湖水没来由地浸泡着白云,
故人书信断绝传书的孤雁也飞没。

古诗二首上苏子瞻(选一)

元丰元年(1078),作者在北京任国子监教授,苏轼知徐州。作者写了五言古诗两首寄给苏轼,表示自己的倾慕之情。苏轼和答并回信说:"古风二首,托物引类,真得古人之风。"苏、黄以此订交,终身不渝。这是第一首,通篇都在咏江梅,又在咏苏轼,概括了苏轼早期的经历,歌颂了苏轼的才识和品格,都以暗喻出之。首段六句,以江梅虽得雨露恩光而为桃李所忌,比喻苏轼见知于人主,却见嫉于当世。中段各句叹江梅具廊庙和鼎之资,却与桃李共盘,比喻苏轼大材小用。末段四句以江梅"不可口"被弃捐,比喻苏轼被放出京都。又以江梅不改高洁本性,用来安慰、称赞苏轼。全诗可说无一句无来历,熔铸古人陈言如出己手,托物喻人,形象生动,语言流畅,音律优美,所以洪炎编《山谷集》,以此题冠书首。

江梅有佳实,托根桃李场①。桃李终不言②,朝露借恩光③。孤芳忌皎洁,冰雪空自香④。古来和鼎实⑤,此物升庙廊⑥。岁月坐成晚,烟雨青已黄⑦。得升桃李盘,以远初见尝⑧。终然不可

口,掷置官道傍⑨。但使本根在,弃捐果何伤!

---

①桃李场:桃李生长的园子。 ②"桃李"句:这里是说桃李忌妒江梅,不肯为江梅说好话。 ③借:凭借。 ④冰雪:借以比喻梅花的洁白,富有光泽。 ⑤"古来"句:这里用梅比喻辅佐天子的卿相重臣。 ⑥庙廊:廊庙,庙堂。 ⑦"烟雨"句:农历夏至前的梅熟季节,往往阴雨连绵,梅子由青转黄,俗称梅雨或黄梅雨。 ⑧以:因。远:指事物来得比较远,暗喻苏轼来自四川。 ⑨官道:官车来往的大驿道。

翻译

江梅能结出好果实,
可它的根却寄托在桃李场。
桃李始终不说话,
梅花凭借天恩得到雨露阳光。
它孤芳皎洁引起忌妒,
冰雪资质中空自生香。
古来用它调和鼎中之饮食,
它升入了庙廊。
岁月流逝坐成迟暮,
梅雨季节梅子由青转黄。

梅子与桃、李同盘进上,
因为是远来之物被尝一尝。
终究因为它不可口,
被抛弃在官道之旁。
但是只要江梅根干还在,
抛弃又有什么损伤!

古诗二首上苏子瞻(选一)

闰月,访同年李夷伯子真于河上,子真以诗谢,次韵

本诗作于元丰元年(1078)闰正月。李子真,字夷伯。治平四年(1067)作者与李子真同榜中进士。十一年来,李子真仕途坎坷,沉沦下僚,故人重逢,感慨良多。作者此时任国子教授,访问了李子真。李作诗感谢,此诗即依李诗原韵作答。诗中委婉而恳切地对李的沉沦表示同情和慰勉,对他的高雅情操表示敬佩,其深意在于规劝李不必愤世疾俗,而在坚持士节的原则下,采取清醒而随和的态度,言外对官场丑恶、朝政腐败,表示了蔑视而无望的冷漠,有消极反抗意义。

十年不见犹如此①, 未觉斯人叹滞留②。
白璧明珠多按剑③, 浊泾清渭要同流④。
日晴花色自深浅, 风软鸟声相应酬。
谈笑一樽非俗物, 对公无地可言愁。

---

① 犹如此:意思是说李子真的品格、情态未变,还像过去一样。
② 斯人:此人,指李子真。滞留:仕途不顺,滞留在原职位。　③ 白

璧明珠:出自《史记·邹阳传》:"明月之珠,夜光之璧,以暗投人于道,众莫不按剑相眄者。"意思是说众人争抢财宝,按剑相向,各不相让。这里活用,意思指像白璧明珠一样宝贵的人才引起世俗的嫉恨、妒忌,众人对贤才怒目而视,按剑相向。 ④ 浊泾清渭要同流:泾水、渭水的清浊不同,泾水流入渭水,合流后仍各保持清浊界线。这里是劝朋友与世浮沉,内心仍可保持自己的高尚情操,同流而不合污。

翻译

十年不见你还是这样,
没觉得你感叹滞留。
白璧明珠招惹人按剑相向,
浊泾水和清渭水总要汇合同流。
日色晴朗花色各见深浅,
和风轻软鸟声似在互相应酬。
杯酒谈笑我们都非俗物,
对着你实在不容我说忧愁。

闰月,访同年李夷伯子真于河上,子真以诗谢,次韵

过方城寻七叔祖旧题

本诗作于元丰元年(1078)冬天。方城县在今河南南阳地区。作者七叔祖黄注,字梦升,曾为南阳主簿,一生负才傲岸,郁郁不得志。作者此年赴南阳,过方城,得见七叔祖旧题的诗,写了这首缅怀祖辈的七律。诗中着力表现黄注雄桀的性格,俊迈的气势,有颂祖励志的寄托,借古讽今的寓意。首联歌颂与悼念,次联突出黄注才识和气概,三联感慨当年朝廷不识栋梁奇才,末联遥想黄注名重当时,不胜眷念。《十八家诗钞》认为"三四(句)想见其人之雄迈,然非有雄迈绝俗之笔者亦不能写出"。

壮气南山若可排①, 今为野马与尘埃②。
清谈落笔一万字, 白眼举觞三百杯③。
周鼎不酬康瓠价④, 豫章元是栋梁材⑤。
眷然挥涕方城路⑥, 冠盖当年向此来⑦。

① 排:推开,推倒。诸葛亮《梁父吟》:"力能排南山,文能绝地纪。"此用其语。 ② 野马尘埃:出《庄子·逍遥游》:"野马也,尘埃也,生物之以息相吹也。"野马:指浮游在空中的水气。句意指人死化为尘埃

浮气。　③白眼:《晋书·阮籍传》说阮籍"能作青白眼",悦者以青眼视之,不悦者以白眼对之。杜甫《饮中八仙歌》:"举觞白眼望青天。"　④周鼎:周朝的鼎,比喻国家的重器。酬:报酬、价值。康瓠:瓦壶。　⑤豫章:大樟树,香樟木。这里用豫章字样可能与黄注是豫章人双关。　⑥眷:顾念,表深情缅怀之意。　⑦冠盖:衣冠车盖,代表有身分的士大夫。他们到这里来拜访黄注,表明当时黄注享有声誉。

翻译

气概豪壮连南山都好像可以推倒,
而今却已化作空中浮气与尘埃。
清谈后下笔动辄上万字,
白眼举酒一饮三百杯。
周鼎与瓦壶的价钱不同,
豫章原是栋梁的大材。
满怀眷念洒泪方城路,
士大夫当年都慕名到这里来。

竹轩咏雪，呈外舅谢师厚，并调李彦深①

元丰元年（1078）冬天，山谷经汴京到南阳，看望赋闲在那里的岳父谢师厚。这首咏雪诗就是呈献给谢师厚的。首六句叙下雪状况，次六句写雪中青竹，比喻谢师厚的志节情怀，称颂他明哲保身。再次四句写屋头女贞树，比喻李彦深固守志节，略带戏谑意味。末四句写自己由此而引发的佳兴，在孤芳自赏中寄寓世无知音的慨叹。

① 轩：有窗的长廊和小屋。诗中"开轩"的"轩"，指门、窗。外舅：岳父。谢师厚：谢景初，宋代诗人，山谷生平知己，择山谷为婿。调：调侃、嘲弄。李彦深：名原，寒士，时居南阳。

破腊春未融①，土膏寒不发②。数声鸣条风③，一夜洒窗雪。开轩万物晓④，落势良未歇⑤。铿铿青琅玕⑥，阅此岁凛冽⑦。摧埋头抢地⑧，意气终自洁。君子谓此君⑨，全身斯明哲⑩。屋头维女贞⑪，颜色少泽悦⑫。稍能窥藩篱⑬，亦有固穷节⑭。佳兴冉冉生，门外无车

辙⑮。写之朱丝弦⑯,清坐待明月。

---

① 破腊:腊月快结束了。破:尽,完。融:融化。 ② 土膏:土壤中的养分。发:生发。 ③ 鸣条风:使枝条发出呼啸声的风。 ④ 晓:破晓,天亮。 ⑤ 良:很,甚。 ⑥ 铿铿:本是竹子碰击声,这里借为坚刚。琅玕(láng gān):这里指绿竹。 ⑦ 阅:经历。 ⑧ 抢地:撞地。 ⑨ 此君:指竹子。《晋书·王徽之传》:"尝寄居空宅中,便令种竹。或问其故,徽之但啸咏指竹曰:'何可一日无此君耶?'" ⑩ 全身:保全自身。斯:指代词,此处有语气助词作用。句意是能保全自己这才算明哲。 ⑪ 维:唯。 ⑫ 泽:光泽。悦:愉悦的情绪。 ⑬ 窥藩篱:明指女贞高过藩篱,暗指稍懂门墙内的道理。 ⑭ 固穷节:处穷途而能固守志节。 ⑮ 无车辙:无达官贵人来访。 ⑯ 写:同"泻",宣泄,抒发胸臆。朱丝弦:红色的琴弦。

翻译

腊月将尽春气还没有融化大地,
土壤的养分因为寒冷而不能生发。
一阵阵风吹得树条发响,
一夜纷飞窗户堆满白雪。
打开门窗万物在破晓之中,
雪落的势头还未停歇。

竹轩咏雪,呈外舅谢师厚,并调李彦深

铿铿作响的绿竹,
经历了这岁寒凛冽。
寒气摧压让它梢头撞地,
意气终还保持高洁。
君子认为这竹子,
能保全自身真可称为明哲。
屋头那些女贞树,
容颜缺少光泽不讨人喜悦。
在成长中渐能窥探藩篱,
也可谓处困境而不改节。
我的佳兴冉冉而生,
门前没有来访的车辙。
宣泄情思用朱丝琴弦吟唱。
清静地坐着等待明月。

乞猫

向人讨小猫,小事小诗,写来浅易亲切,富有生活气息。陈师道《后山诗话》谓:"《乞猫》诗虽滑稽而可喜,千岁之下,读者如新。"

秋来鼠辈欺猫死,　窥瓮翻盘搅夜眠。
闻道狸奴将数子[①],　买鱼穿柳聘衔蝉[②]。

---

① 狸奴:猫的别称。将:养,带养。　② 聘:延请。衔蝉:宋人对猫的一种俗称。

翻译

入秋来老鼠欺我家猫死,
窥瓮翻盘搅乱晚上睡眠。
听说你家猫儿生下几个小崽,
买了鱼穿上柳枝去迎个衔蝉。

王稚川既得官都下,有所盼未归,予戏作《林夫人欸乃歌》二章与之(选一)

《竹枝歌》本出三巴,其流在湖湘耳。《欸乃》,湖南歌也。

王玒(hóng),字稚川。元丰初调官汴京,寄家鼎州,年九十,有归欤之思。元丰三年(1080),山谷解除北京教职,来汴京候命,访王玒于邸中。曾有赠稚川客舍诗二首,意有未足,又模仿稚川之妻林夫人的口气,用"竹枝歌"即"欸乃歌"的形式写了两首小诗戏赠。人们嫌题目太长,常简称《欸乃歌二首戏王稚川》或《戏赠王稚川》。但长题中的"有所盼未归"是理解本诗的钥匙。首章表现林夫人在离别中盼望期待之久且殷。陈衍《宋诗精华录》评云:"言由腊雪时盼到花开、花落、枣结实也。"诗中先叙花开,次叙枣子结子,再说从腊月盼起,繁花零落,时空交错,余韵悠然。次章则表观"悔教夫婿觅封侯"的内心活动。用典故构成对仗,提示功名利禄本是南柯一梦,自见对丈夫的开导。末以老母倚门倚闾,望儿未见,只见到林中小乌鸦反哺老乌为结,画面感人,意味深长。诗仿《竹枝歌》,有民歌风味,似信口而成,实又是着意安排,意境浑成。

花上盈盈人不归①，　枣下纂纂实已垂②。
腊雪在时闻马嘶，　长安城中花片飞③。
从师学道鱼千里④，　盖世成功黍一炊⑤。
日日倚门人不见⑥，　看尽林乌反哺儿⑦。

① 盈盈：花开繁妍的样子。　② 纂纂：果实累累下垂的样子。此句仿民歌音谐双关，枣实即枣子，谐"早子"，意指人家夫妇早已生子了。　③ 闻：一作"听"。花片飞：形容繁花到处零落。　④ 鱼千里：任渊注引山谷跋，说及陶朱公养鱼法，"于池中聚石作九岛，鱼绕之，日行千里"。句意是士子外出从师学道，自觉日行千里，其实只是在池中转圈。　⑤ 黍一炊：用唐传奇《枕中记》故事。卢生睡吕仙所睡枕上，出将入相，安富尊荣，子孙发达，惊醒时主人所煮的黍米饭还未熟。这里的意思是男儿在外求取功名，到头来不过是黄粱一梦。　⑥ 倚门：《战国策·齐策》载，王孙贾外出，其母嘱告曰："汝朝出而暮归，则吾倚门而望，暮出而不还，则吾倚闾而望。"后世故以"倚门""倚闾"形容亲老望游子归来之殷切。　⑦ 反哺儿：反养母乌的乌儿。乌儿觅食喂养老乌，古人常以喻人子之孝其亲。

翻译

　　花儿在枝头盛开人还未回，

王稚川既得官都下，有所盼未归，予戏作《林夫人欸乃歌》二章与之（选一）

枣树一挂挂枣实已下垂。
腊月积雪离去时还听见他的马叫，
直盼到京城里残花花飘飞。

从师学道像鱼绕池中日千里，
盖世功名只不过是一枕黄粱。
亲娘天天倚门望儿望不见，
只见林中小乌鸦反哺亲娘。

汴岸置酒赠黄十七①

元丰三年(1080)秋,黄庭坚由北京教授改任吉州太和县令,黄介则由长乐尉改任广州教授,相遇在汴京,作者在汴水边置酒与同乡同宗共饮。一个仕途坎坷,一个沉沦下僚,劝酒解愁,长歌当哭,求仙无路,一醉即休。诗中抒发了宦途不遇的哀伤与人生无聊的感慨。这诗多用拗句,是受杜甫诗的影响。他自己也承认"黄流不解浣明月,碧树为我生凉秋"等句"深类老杜"(《洪龟父诗话》)。

① 汴岸:汴河岸。宋人将通济渠东段(出黄入淮)称为汴河或汴渠。黄十七:黄介,字几复,山谷同乡好友,又是同宗。十七:兄弟行第,以同一曾祖所衍生的兄弟排列。

吾宗端居丛百忧①,长歌劝之肯出游。
黄流不解浣明月②,碧树为我生凉秋③。
初平群羊置莫问④,叔度千顷醉即休⑤。
谁倚柁楼吹玉笛⑥,斗杓寒挂屋山头⑦。

① 宗：宗族。端居：平居。丛：丛集。　② 黄流：浑浊的流水。解：懂。涴（wò）：污染，弄脏。句意喻心灵高洁，不染俗尘。　③ 碧树：指杨柳。贺知章《咏柳》："碧玉妆成一树高，万条垂下绿丝绦。"汴河岸边多植柳。　④ 初平：《艺文类聚》引葛洪《神仙传》，黄初平十五岁在山牧羊，被道人招入金华山成仙。四十年后，其兄找到他，问羊群何在，他指点满山石头，尽化为白羊。"置莫问"句：不羡慕成仙得道，点石成羊。　⑤ 叔度千顷：东汉黄宪，字叔度，人称他胸怀"汪汪若千顷之波"。醉即休：醉后万事俱忘，无所追求。两句都是劝解语，说是不为物欲所动，自能百忧俱消，心地明如月。　⑥ 柁楼：船尾部操舵和居停的板房。因在汴河岸上摆酒，故能听到汴河船上柁楼里的玉笛声。　⑦ 斗：北斗七星，状如勺子。斗柄横斜以至下垂，表明夜深。屋山：屋脊，侧看似山。

翻译

我的同宗平日总是心怀百忧，
我作长歌劝他才肯出来小游。
黄浊流水并不能污染明月，
碧树荫浓为我带来凉秋。
黄初平点石成羊且莫问，
黄叔度胸怀千顷醉便休。
谁靠着汴岸的柁楼吹奏玉笛，
斗柄转动寒夜挂在屋山头。

池口风雨留三日

作者自汴京赴太和途经汴河、运河入长江,溯江而上,至安徽池县池口镇,为风雨所阻,滞留三日。本诗写阻滞期间的所见所感,以比兴手法托出内心苦闷,蕴藉空灵。"翁从旁舍来收网,我适临渊不羡鱼",似信手拈连而来,实表现了高深学养,自然贴切中见警策,被称为妙联。

孤城三日风吹雨, 小市人家只菜蔬。
水远山长双属玉①, 身闲心苦一春锄②。
翁从旁舍来收网, 我适临渊不羡鱼③。
俯仰之间已陈迹④, 暮窗归了读残书。

① 属(zhú)玉:即鸀鳿,水鸟名,似鸭而大,紫绀色。 ② 春锄:白鹭的别称,其啄动态有如春锄,故名。 ③ 适:恰值,正逢。羡鱼:《淮南子·说林》:"临河而羡鱼,不如归家织网。"意思是光有愿望,不如付诸行动。这里用来表达自己不慕荣利的淡泊情怀。 ④ "俯仰"句:出自王羲之《兰亭集序》:"向之所欣,俯仰之间,已成陈迹。"意为转眼之间,一切都将成为历史陈迹,因而不足挂怀。

翻译

孤城三天刮风吹雨,
小市上人家只食菜蔬。
水远山高飞来双鹦鹉,
身闲心苦觅食一舂锄。
渔翁从邻舍出来收网具,
我恰好面对河水不羡鱼。
转眼之间一切都变成陈迹,
不如回家黄昏窗下读残书。

次韵公择舅

作者于元丰四年(1081)十月过舒州,在潜山县皖公溪口,与舅父李常(字公择)不期而遇。适逢风雨大作,不得开船,舅甥唯在舱内抵掌而谈,吟咏唱和。这年作者三十七岁,多经风霜,已生厌世之意。这首六言绝句便是抒发黄粱梦醒后的人生感慨,表达了不羡慕功名富贵,追求清闲野逸生活的情趣。

昨梦黄粱半熟①, 立谈白璧一双②。
惊鹿要须野草, 鸣鸥本愿秋江。

---

① 昨梦:过去的事如梦如烟。黄粱半熟:见前《戏赠王稚川》注。
② "立谈"句:《史记·虞卿列传》载:虞庆(一名吴庆),战国时人,因觐见赵孝成王,谈得投机,立即被赐黄金百镒,白璧一双,封为上卿。这两句说明功名富贵得失都属偶然,人生如梦,梦醒了一切皆空。

翻译

往事有如昨夜梦里黄粱,

交谈投机获赏白璧一双。
受惊的野鹿需要原野丰草,
飞鸣的鸥鸟本是愿在秋江。

题落星寺岚漪轩

元丰四年(1081)十二月,作者过彭蠡湖(今鄱阳湖),经南康(今江西星子县)还乡。彭蠡湾中有一岛,传说是星落湖中(县名星子,与此有关),因名落星墩。岛上有落星寺。山谷游此,有《题落星寺四首》,本诗是第三首,山谷有手迹题作《题落星寺岚漪轩》。轩是寺僧的小屋,原有注云:"寺僧择隆作宴坐小轩,为落星之胜处。"本诗字句烹炼,多用拗律,末两句曾被江西诗派作者赞赏。

落星开士深结屋①,龙阁老翁来赋诗②。
小雨藏山客坐久③,长江接天帆到迟④。
宴寝清香与世隔⑤,画图妙绝无人知。
蜂房各自开户牖⑥,处处煮茶藤一枝⑦。

---

① 开士:佛家所谓"以法开道之士",后用指僧人。　② 龙阁老翁:作者舅父李常曾任龙图阁直学士。一说山谷自指。　③ 藏山:把山遮蔽了。　④ 长江:实指眼前的鄱阳湖。帆到迟:是说帆从天边驶近需很长时间。　⑤ 宴寝:安居寝息。　⑥ "蜂房"句:僧房依山石建筑,各自开着门窗,远看像蜂巢。　⑦ 处处:各个僧房里。藤一

枝:一说各僧房的僧人都在用藤条烧茶水,一说是作者拄着根藤杖,无论走到哪间僧房,僧人们都煮茶相待。

翻译

落星寺的和尚在僻静处造了间客房,
龙图阁的老翁曾来这里赋咏诗章。
濛濛细雨遮没远山客人闲坐很久,
辽阔湖面连着天际远帆过来时间长。
安居寝息清香仿佛与世隔绝,
寺里图画绝妙没有经人鉴赏。
蜂巢般的僧房各自敞开门窗,
处处煮茶都是用一枝枯藤细燃慢旺。

姨母李夫人墨竹二首(选一)

李夫人是李常的妹妹,朝议大夫王之才的妻子,善画枯竹木石。此诗黄䃅《山谷年谱》附在元丰三年(1080)。作者过南康,得见夫人及夫人所画墨竹。

深闺静几试笔墨,　白头腕中百斛力①。
荣荣枯枯皆本色,　悬之高堂风动壁。

① 斛:十斗或二斗五为一斛。百斛力:张开百斛重弓的臂力,这里形容李夫人作画笔力非凡。

翻译

深闺静几上试笔墨,
白发人手腕下仍有百斛力。
繁荣枯萎都见出本色,
悬挂在高堂上好像有清风拂动墙壁。

赣上食莲有感

元丰四年(1081),山谷赴太和。孟秋,考试举人于南安军(今江西大余县),过赣上(今江西赣州市)作。诗由食用赣南特产白莲起兴,借"莲""怜"谐音双关,抒写母爱、兄弟友爱及儿女之爱,感慨世俗食莲而不爱莲,不见莲出于淤泥而不染,归结到思归之情。首段八句,从莲实着笔,写对亲人的思念。拳拳之心,可触可感。次段八句,由莲心味苦发兴,引出对官场甘苦、官吏清浊的议论,使诗思深曲,向理性升华。末段四句,由莲叶飘香,引起故乡之思,由官场污浊引出对求隐衷情的抒发。

莲实大如指,分甘念母慈。 共房头㦗㦗①,更深兄弟思。 实中有幺荷②,拳如小儿手③。 令我念众雏④,迎门索梨枣。 莲心政自苦,食苦何能甘? 甘餐恐腊毒⑤,素食则怀惭⑥。 莲生淤泥中⑦,不与泥同调。 食莲谁不甘,知味良独少! 吾家双井塘⑧,十里秋风香。 安得同袍子⑨,归制芙蓉裳⑩。

① 觲觲(jí)：本指牛羊角集聚在一起，这里形容莲子挤在一个莲房，尖头一一露在外边。　② 幺(yāo)：幼小者。幺荷：指莲芯儿，绿色，像一支小荷叶芽。　③ 拳：拳缩着。　④ 雏：幼禽幼鸟，这里指小儿女。　⑤ 腊(xī)毒：腊，本是干肉，干肉放久了，会腐败，含有毒素。这里作动词用，句意是香甜的东西吃久了会受毒害。　⑥ 素食：吃白食。尸位素餐，为官心怀惭愧。　⑦ 淤(yū)：沉积。淤泥：塘中沉积的浊泥。　⑧ 双井：作者家乡，江西修水双井村。塘：荷塘。　⑨ 同袍子：志同道合的人。《诗·秦风·无衣》："岂曰无衣，与子同袍。"　⑩ 制芙蓉裳：用莲花做衣裳，象征人的高洁。出自《楚辞·涉江》："制芰荷以为衣兮，集芙蓉以为裳。"

翻译

莲子大小像手指，
分尝甜美想起母慈。
共同聚在莲房头挤挤，
更加深对兄弟之思。
莲子中有个小芽芯，
拳缩着好像幼儿的手。
使我想起小儿女，
在门口迎着我讨梨枣。

赣上食莲有感

莲芯的本性正是苦，
吃了苦怎么能够甘？
老吃甘美可能受毒，
素餐则心中羞惭。
莲生在淤泥田中，
偏偏不和泥同调。
吃莲谁不感到甘，
真懂得莲味的就很少。
我的家乡在双井塘，
秋风十里送荷香。
哪能找到志同道合者，
回家去缝制芙蓉衣裳。

次元明韵寄子由

元明是作者长兄黄大临的字,子由是苏轼之弟苏辙的字。元丰四年(1081),苏轼被贬在黄州闲置,苏辙为筠州监酒税,作者为太和县令,与苏辙常有诗歌来往。这首诗是依黄大临诗的韵脚寄赠苏辙的。诗中叙友情,慨身世。首联为苏轼不平,愤慨世态官场风气沦丧。次联写景烘托荣华无常,风波险恶。三联倾吐肺腑,坚信友谊。末联直抒胸臆,感慨你我兄弟四人的共同憾恨。

半世交亲随逝水, 几人图画入凌烟①?
春风春雨花经眼, 江北江南水拍天。
欲解铜章行问道②, 定知石友许忘年③。
脊令各有思归恨④, 日月相催雪满颠⑤。

① 图画:指画像。凌烟:阁名。唐贞观十七年,李世民令画家阎立本绘开国功臣二十四人的图像陈列在凌烟阁中,后世因以绘图凌烟为臣子的最高荣誉。　② 铜章:铜制印章。解铜章:辞官。问道:寻求"大道"。　③ 石友:友谊坚如金石的朋友。许忘年:同意订立忘年之交。苏轼兄弟均长于黄庭坚,所以用"忘年"以表谦逊。　④ 脊

令:鹡鸰,水鸟名。《诗·小雅·棠棣》:"脊令在原,兄弟急难。"后世因以脊令比喻兄弟有患难,急于互相救援。 ⑤雪:代指白发。颠:头顶。

翻译

半辈子的交谊随流水逝去,
有几个被画图进入凌烟?
春风春雨繁花经眼,
江北江南水浪拍天。
要想解下铜印去寻求大道,
肯定知道挚友容你忘年。
兄弟急难各有思归之恨,
日月递相催促使白发满颠。

睡起

白昼小睡,做了一个梦,梦中遇见故人,一起骑着鸿雁遨游九州。醒起把梦境记下来,便成这首有浪漫味的小诗。第一句写秋天果实成熟时节;第二句写卧室里香烟熏人;第三句写入梦,松风阵阵,得遇故人;最后写飞升,梦想大展鸿图,而且自由自在。显然,睡起梦醒,梦想也就消失,诗意即在于此。

柿叶铺庭红颗秋①, 熏炉沉水度衣篝②。
松风梦与故人遇, 同驾飞鸿跨九州③。

---

① 红颗:指柿子,深秋成熟,呈红色。 ② 熏炉:熏香的炉钵。沉水:沉水香,一种比重大于水的香木。衣篝:罩在香炉上的竹笼,可给衣服熏上香味。 ③ 九州:泛指全中国。

翻译

柿叶铺庭红果实装点秋天,

沉水香透过熏笼弥漫房间。

阵阵松风伴我入梦与老友相遇，

一同跨上鸿雁把九州飞遍。

答余洪范二首(选一)

本诗作于元丰五年(1082)。余卞,字洪范,当时为赣州郡掾。上一年作者过赣上与余洪范同饮。诗中抒写与贫寒友人别后的深情相思,表现了君子之交的高雅。

悬罄斋厨数米炊①,　贫中气味更相思。
可无昨日黄花酒②,　又是春风柳絮时。

① 悬罄:房子空空的,只剩几根梁柱像悬罄的架子,形容极贫穷。罄:古乐器,用石制成。斋厨:厨房。数米炊:计数米粒去煮饭,状贫寒。　② 昨日:以前,此指去年相见时。黄花酒:菊黄时节的酒,贫寒之交所共饮。

翻译

空无所有的厨房里你数米为炊,
贫穷中因为气味相投更相思。
还有没有去年共饮的菊花酒?
现在又到了春风吹拂柳絮之时。

上大蒙笼①

元丰五年(1082)四月,作者任太和县令。为了执行新法,作者亲自跋山涉水,深入偏僻山乡,多方了解情况,倾听老农的反映,得知盐法执行中的许多流弊。他根据实际情况,灵活执行新法,还将访问情况写成十多首诗,深切同情农民疾苦。

① 大蒙笼:山区地名。

黄雾冥冥小石门①,苔衣草路无人迹。 苦竹参天大石门,虎远兔蹊聊倚息②。 阴风搜林山鬼啸③,千丈寒藤绕崩石。 清风源里有人家④,牛羊在山亦桑麻。 向来陆梁嫚官府⑤,试呼使前问其故。 衣冠汉仪民父子⑥,吏曹扰之至如此。 "穷乡有米无食盐⑦,今日有盐无食米⑧。 但愿官清不爱钱,长使儿孙听驱使!"

---

① 小石门:和下文的大石门都是地名。 ② 虎迒(háng):老虎的足迹。兔蹊:兔走的小路。 ③ 搜林:阴风呼啸穿过林子,像搜索一

样。 ④清风源:村名,大蒙笼山区的村落。 ⑤陆梁:怪兽跳跃的样子,引申为猖獗、嚣张的意思。嫚(màn):轻视、侮慢。 ⑥衣冠汉仪:衣冠装束都是汉族的样子。民父子:官民关系有如父子。 ⑦"穷乡"句:指过去买不到盐。 ⑧"今日"句:说朝廷盐法,食盐由官府统销、派销。今天可以买到盐,但没有钱,没有米换钱,米被官府搜括去了。作者在另一首诗里写道:"赖官得食盐,正苦无钱刀。"

翻译

黄雾昏昏沉沉的是小石门,
苔藓盖地荒山草路无人迹。
苦竹伸入天际的是大石门,
留有虎迹的兔行小道姑且倚身休息。
阴风搜索着树林山鬼在呼啸,
千丈寒藤缠绕着崩裂的山石。
清风源里居住有人家,
在山里放牧牛羊也种植桑麻。
向来习蛮无理轻慢官府,
试把他们叫来询问缘故。
衣冠服饰都合汉家礼仪官民本如父子,
只因吏役骚扰以至如此。
"从前这穷乡有了米无食盐,

今天有了盐却无食米。
只求官吏清廉不爱钱，
长使儿孙辈辈听驱使。"

雕陂

雕陂是太和县的穷乡僻壤。这首诗记叙了前往雕陂的艰难旅途,以及受到雕陂人民欢迎的情形,描写了自己为民尽职尽责的行为,感叹北宋地方官僚的腐败,冗官冗禄,耽于享乐,做官当老爷,用耳不用目,不知民情。

雕陂之水清且泚①,屈为印文三百里②。呼船载过七十馀,褰裳乱流初不记③。竹舆呕哑山径凉④,仆姑呼妇声相倚⑤。篁中犹道泥滑滑⑥,仆夫惨惨耕夫喜⑦。穷山为吏如漫郎⑧,安能为人作嚆矢⑨。老僧迎谒喜我来,吾以王事笃行李⑩。知民虚实应县官⑪,我宁信目不信耳。僧言生长八十余,县令未曾身到此。

---

① 泚(cǐ):鲜明的样子。 ② 印文:印章上的篆字。句意是三百里的河道弯弯曲曲,像篆书的笔画。 ③ 褰(qiān)裳:把衣裳挽起来。乱流:横渡河流。 ④ 竹舆:竹制的山轿。呕哑:象声词,抬竹轿的磨轧声。 ⑤ 仆姑:鸟名,即斑鸠。呼妇:相传雄鸠鸟

在阴雨天赶走雌鸟,晴天又呼唤雌鸟归巢。这里呼妇预示天将晴好。 ⑥筼中:竹林中。泥滑滑:鸟名,据说竹鸡啼鸣的声音似"泥——滑——滑"。 ⑦仆夫:指抬轿的。 ⑧漫郎:唐代文学家元结,字漫郎,为官同情人民,创作能反映现实。 ⑨嚆(hāo)矢:响箭,发射时先闻响声。这里指在执行不便民的新法时,不要为上司带头。 ⑩行李:使者。笃行李:这里指忠实地执行被使派的任务。 ⑪县官:唐、宋民俗称呼皇帝。应县官:汇报给皇帝。

翻译

雕陂的水清澈又明净,
河道屈曲像印文有三百里。
沿途呼船载渡次数多至七十余,
卷起下裳涉水的次数更难记。
竹轿嘎嘎作响山间小路阴凉,
雄鸠呼唤雌鸠声相倚。
竹林里还在啼叫"泥滑滑",
轿夫虽在发愁农夫喜。
穷山为官应该像漫郎,
怎能带头给人作嚆矢。
老僧欢迎我到来,
我因勤于国事笃行李。

了解民间虚实报告皇帝,
宁可相信我的眼睛不信传闻过耳。
和尚说他活了八十多,
从未见过县令亲自到过这里。

登快阁

本诗作于元丰五年(1082)秋天。快阁"在太和县治东澄江之上,以江山广远、景物清华得名"(《清一统治·吉安府二》)。澄江是流入赣江的一段小河,距县衙不远,作者在公余之暇,常登阁赏景。作者在太和任已有三个年头,百姓的困苦,官吏的素餐,使他有志难展,不免产生孤独寂寞之感。所以本诗虽写了在开朗空阔的背景下某种忘怀得失的"快"意,终因知音难觅而产生归欤之思。先叙事,再写景,再抒情,一气奔注,波荡生姿。结以弄笛盟鸥,余韵无穷。它巧用典故,寄慨深遥,历来颇受称道。

痴儿了却公家事[①],　快阁东西倚晚晴[②]。
落木千山天远大,　　澄江一道月分明。
朱弦已为佳人绝[③],　青眼聊因美酒横[④]。
万里归船弄长笛,　　此心吾与白鸥盟[⑤]。

[①] 痴儿:傻角儿,呆子。出《晋书·傅咸传》:"生子痴,了官事。官事未易了也。"意谓官场的事是纠缠不清的,谁一心扑在工作上是傻

瓜。作者称"痴",暗示不合时宜,有自嘲味。　②倚晚晴:倚栏眺望晚晴中的东西景色。　③"朱弦"句:钟子期是俞伯牙的知音,"子期死,伯牙破琴绝弦"(出《吕氏春秋·本味篇》)。这里为佳人而绝琴弦,暗寓一种政治怨愤。　④青眼:见《过方城寻七叔祖旧题》"白眼"注。这里以青眼对酒,慨叹身边无可悦之人。两句表现世俗可厌,使诗人产生孤寂感。　⑤白鸥盟:与白鸥为友。这里表现自己已忘怀得失,不生机诈之心,故能为鸥鸟所信赖,结盟交好。

翻译

痴儿办完了一天的公事,
登上快阁倚栏东西赏晚晴。
千山落叶天空显得远大,
一条澄江映月分外光明。
朱弦已经为佳人断绝,
青眼姑且对美酒垂情。
真想坐上万里归船吹弄长笛,
我的心早与白鸥结盟。

寄晁元忠十首(选一)

本诗作于元丰五年(1082)或六年(1083)。晁元忠,山东巨野人,作者的朋友,也是诗人。这首诗反映了山谷文艺观的一个侧面。前半是批评"翰墨场"的现状:因袭摹仿,千篇一律。后半则提出自己的主张,表现真情实感,要求独创,并对友人寄予希望。

楚宫细腰死, 长安眉半额①。
比来翰墨场②, 烂漫多此色③。
文章本心术, 万古无辙迹④。
吾尝期斯人⑤, 隐若一敌国⑥。

---

①"楚宫"两句:楚灵王喜欢细腰女子,宫女都节食,以至饿死。长安城妇女喜欢画宽眉,四方的妇女画眉涂满半个额头。 ② 比来:近来。 ③ 烂漫:本指光华鲜丽,这里指浮华虚假。 ④ 辙迹:比喻成规。 ⑤ 尝:曾经。斯人:此人,指晁元忠。 ⑥ 隐:隐然,威重之貌。若:如。敌国:有力的对手。

翻译

楚宫追求细腰宫女们大多饿死，
模仿长安阔眉的妇女涂满半额。
近来在翰墨场里，
浮华虚假大多是这一流货色。
文章本来是表达心术，
万古以来没有固定的轨辙。
我曾经寄厚望于你这个人，
威重像个敌国。

寄晁元忠十首（选一）

夜发分宁寄杜涧叟[①]

元丰六年(1083)十二月,黄庭坚调职,监德州德平镇。年前离太和返乡,然后沿修水东下,作此诗。诗中似乎以旁观者口吻抒写离乡时的旷达襟怀,但又掩饰不住眷恋故土的深情。首句表明不得不背井离乡。次句流露对渔隐生涯的羡慕。三句故意把旅宦生涯看得淡漠,把离别与否,在家与否,都视为日常生活。末句把愁情推给山川风月。于冷隽中见炽烈,在断续中见境界,别有一种情韵。

[①] 分宁:黄庭坚家乡,今江西修水县。境内有修水,汇入鄱阳湖,通长江,当时舟行便利。杜涧叟:杜槃,山谷友人,时寄居庐山。

阳关一曲水东流[①], 灯火旌阳一钓舟[②]。
我自只如常日醉, 满川风月替人愁。

[①] 阳关一曲:王维《送元二使安西》中有云:"劝君更尽一杯酒,西出阳关无故人。"后成为送行惜别的名曲,称《阳关曲》。这里不是实写音乐,而是借以衬托自己感离怨别的心境。 [②] 旌阳:山名,在修水城东一里。

翻译

心萦阳关曲人随水东流，
旌阳山的灯火中置身钓舟。
我只是像平常一样醉饮，
满江的风月却替人忧愁。

送王郎

王郎指作者的妹婿王纯亮。元丰七年(1084)秋,黄庭坚赴德平任,离别十年的妹婿来探望,乍见又分手,山谷写了本诗送别。全诗热情洋溢而态度平易,嘱望殷切,充满了亲情,读来十分感人。前后两大段,上段着力写送别之情,下段专表关切之意。中间"江山千里俱头白,骨肉十年终眼青"两句,互文见义,概括了过去友谊之深、思念之殷和现在知己重逢的彼此理解,心心相印,从而起了承上启下的纽带作用。它使前后句法迥异的两段绾结有序,情韵贯通,毫无割裂或不统一的感觉。

酌君以蒲城桑落之酒①,泛君以湘累秋菊之英②。赠君以黟川点漆之墨③,送君以阳关堕泪之声④。酒浇胸次之磊隗⑤,菊制短世之颓龄⑥。墨以传万古文章之印⑦,歌以写一家兄弟之情⑧。

江山千里俱头白,骨肉十年终眼青⑨。连床夜语鸡戒晓⑩,书囊无底谈未了⑪。有功翰墨乃如此⑫,何恨远别音书少。炒沙作糜终不饱⑬,镂冰文章费工巧⑭。要须心地收汗马⑮,孔孟行世日杲杲⑯。有弟有弟力持家,妇能养姑供珍鲑⑰。儿大诗书女丝麻,公但读书煮春茶。

---

① 蒲城:在今陕西。产一种桑落酒,桑叶落时酿造。 ② 泛:泛觞,水道饮酒。湘累:指屈原,意思是在湘水屈死者。屈原《离骚》有"夕餐秋菊之落英"。 ③ 黟(yī)川:今安徽黟县,向以产墨著名。点漆:墨色黑亮,点纸如漆。 ④ 堕泪:落泪。《阳关曲》唱出离愁别恨,令人断肠垂泪。 ⑤ 磊隗:指心中积郁。 ⑥ 制:控制。颓龄:衰老的年龄。 ⑦ 印:佛学用语。指佛法历代传授,心心相印。这是借指文化传统。 ⑧ 写:抒发。 ⑨ 眼青:互相待以青眼,知己相悦,感情融洽。 ⑩ 鸡戒晓:鸡鸣似发出警戒,天快亮了。 ⑪ 书囊无底:满腹诗书,高议滔滔不绝,像无底的口袋。 ⑫ 有功:精能而有功底,指道德文章有进步。翰墨:笔墨,代指学问文章。 ⑬ 糜:稀饭。炒沙作糜:佛家故事。《楞严经》:"若不断淫修禅定者,如蒸沙石欲其成饭。"意谓不潜心修炼,等于蒸沙石作饭,永远没有结果。 ⑭ 镂冰:在冰上雕花纹,日出即消,白费精力。 ⑮ 汗马:使马流汗,意谓奔驰劳苦,费了大劲。 ⑯ 杲杲(gǎo):光明,如白日照耀。 ⑰ 珍鲑(wā):美味的鱼,泛指菜肴。

翻译

向你敬上蒲城生产的桑落名酒,

送王郎

请你品尝屈原吃过的秋菊落英，
赠你黟川出产的点漆宝墨，
送你催人泪下的阳关之声。
酒能消除你胸中的积郁，
菊能控制短暂的颓龄。
墨可传播万古文章之印，
歌可抒发一家兄弟之情。

江山千里阔别你我都头白，
骨肉十年睽隔始终都眼青。
连床夜语直到晨鸡报晓，
书囊无底谈开来没完没了。
有功的翰墨能如此，
又何恨远别音书稀少。
炒沙即使成粥终究吃不饱，
冰上刻出文章白白费工巧。
要紧的是在心地里收住汗马，
孔孟之道行世就像白日杲杲。
你家有弟弟力能持家，
有妻能够赡养老人，提供珍鲑。
儿子大了读书，女儿织丝麻，
你尽可只管读书煮春茶。

寄黄几复

　　黄介,字几复,作者的同乡学友,少年即交游密切,情谊笃厚,但在岭南滞留多年。元丰八年(1085)春,山谷监德州德平镇,天南海北,遥想黄介,写下了这首诗,抒发了思念友人的殷殷之情,寄寓了对友人怀才不遇的不平与愤慨。后半着力表现黄几复身处困厄、努力学习、力求上进的高尚品格,更把作者的思念、同情和慨叹烘托到更高境界。诗中第二联与末联是历来称道的名句。

我居北海君南海①,　　寄雁传书谢不能②。
桃李春风一杯酒,　　江湖夜雨十年灯。
持家但有四立壁③,　　治病不蕲三折肱④。
想得读书头已白,　　隔溪猿哭瘴溪藤⑤。

① 北海南海:指两人所在地。黄庭坚有跋语云:"几复在广州四会,予在德州德平镇,皆海滨也。" ② 谢不能:是说雁谢绝传书,因为做不到。传说雁飞不能过衡阳,衡山有回雁峰。 ③ 四立壁:形容家境贫寒,除四面墙壁外,别无长物。 ④ 蕲(qí):希求。肱:手臂。三折肱:《左传》"三折肱知为良医。"意思是多经挫折,积累经验,自

成良医。黄几复不须折臂即能治病,是说他自己多病,已成良医。
⑤ 瘴溪:瘴气笼罩在溪流上。南方山林中有一种湿热的空气,通称瘴气,古人认为瘴气会带给人多种疾病。这里借指黄几复境遇的恶劣。

翻译

我居住在北海你住在南海,
想托大雁传书,大雁谢绝说不能。
当年你我是桃李春风一杯酒,
如今是江湖夜雨十年灯。
持家只有四壁兀立,
治病不求三次折肱。
料想你勤奋读书头已白,
隔溪有野猿啼叫,瘴气笼罩寒藤。

送范德孺知庆州

本诗作于元祐元年(1086)春天。黄庭坚在汴京,供职秘书省。范德孺,名纯粹,范仲淹第四子,此时为庆州太守。庆州在今甘肃庆阳市一带,为北宋边防重地。五十年前宋军在这里大败于西夏。范仲淹曾镇守西北边境,范仲淹的次子范纯仁两度持节出守庆州,都享有威名。范德孺继父兄之后担当守疆大任。作者此诗,歌颂他父兄的威名勇功,说明他所担当的任务的重要,相信他有能力继承父兄的事业,勉励与期望之意自在其中。

乃翁知国如知兵①,塞垣草木识威名②。 敌人开户玩处女③,掩耳不及惊雷霆④。 平生端有活国计⑤,百不一试薶九京⑥。 阿兄两持庆州节⑦,十年骐骥地上行⑧。 潭潭大度如卧虎⑨,边人耕桑长儿女⑩。 折冲千里虽有余⑪,论道经邦政要渠⑫。 妙年出补父兄处,公自才力应时须⑬。 春风旌旗拥万夫,幕下诸将思草枯⑭。 智名勇功不入眼⑮,可用折箠笞羌胡⑯。

① 乃翁：你父亲，指范仲淹。 ②"塞垣"句：范仲淹曾任陕西经略副使，兼知延州。曾攻取横山，恢复灵武，迫使西夏请和，不敢来犯。当时民谣称："军中有一范，西贼闻之心胆战。" ③ 开户：出自《孙子·九地》："始如处女，敌人开户；后如脱兔，敌不及拒。"这是战争开始时表现安静柔弱，像少女一样，麻痹敌人，使敌方不做戒备，像打开门户一样。玩：玩忽。 ④"掩耳"句：变用"迅雷不及掩耳"语，比喻军事行动像雷霆突降，敌方来不及防备和抗拒。 ⑤ 端：真的，实在。活国：救活国家。谓范仲淹有治好国家的能力。 ⑥ 百不一试：百分才能没有施展一分。薶：同"埋"。九京：九原，九泉之下。 ⑦ 阿兄：指纯仁，于熙宁七年和元丰八年两度出知庆州。持节：拿着皇帝的符节，符节是用于军事指挥的。 ⑧ 骐骥：良马，日行千里，常用以比喻有大志、有能力的人才。 ⑨ 潭潭：幽深之状，喻深沉大度。 ⑩ 耕桑：表示安居乐业。长：养育。 ⑪ 折冲：《晏子春秋》："不出尊俎之间，而知千里之外……可谓折冲矣。"原指在酒席上谈判，可以制胜敌人于千里之外。这里称赞范纯仁"运筹帷幄，决胜千里"。 ⑫ 政：同"正"。要：须要，需要。渠：他。这句指范纯仁由地方守官奉调到京城任枢密副使，担负"论道经邦"的职任。 ⑬ 应时须：适应时势需要。 ⑭ 思草枯：盼望着塞外草枯。凉秋九月，塞外草枯，便于进兵征讨。 ⑮ 不入眼：不放在心上，指不追求个人功名。 ⑯ 箠：鞭子。本用于打马，这里却说折鞭可以鞭打敌人，喻取胜甚易。笞（chī）：用鞭子打人，转为打击。羌胡：北方的少数民族。这里代指与宋对峙的西北边西夏政权。

翻译

你父亲懂得治理国事有如熟谙用兵，
边塞上连草木都知道他的威名。
他麻痹敌人以我如处女开敞门户，
又使敌人掩耳不及畏我如雷霆。
平生确有救国的大计，
未曾试行百一便葬身九京。
你哥哥两次执掌庆州边务，
十年中像骐骥地上行。
深沉大度好似卧虎，
使边民耕田种桑生儿育女。
运筹帷幄虽有馀裕，
论大道治邦国正需要他。
你青春年少外任补官在父兄之处，
自然是才力能应时势所需。
春风吹动旌旗拥有万夫，
幕下将领们盼望塞外草枯。
个人的智勇功名都不在你的眼里，
你要用折断的马鞭捶打羌胡。

送范德孺知庆州

次韵王荆公题西太一宫壁二首
（选一）

西太一宫是汴京的一座道观。熙宁初，王安石主持变法，偶游此间，赞赏宫内外风光，写了《题西太一宫壁二首》。这是北宋一首很有名的六言诗。元祐元年（1086），哲宗即位，高太后临朝，起用旧党，尽废新法，退隐江宁的王安石忧愤而死。七月，苏轼奉敕祭西太一宫，王安石当年的题壁诗，虽然隔了十七八年，依旧灼然壁间。苏轼写了次韵诗二首。随后，黄庭坚来到这里，读了两位前人的诗，也次韵写了两首六言诗。作者这首诗不歌咏西太一宫风光，而是针对政局更迭，派系争斗，发出了警策的议论，批评了观风转舵，随波逐流，抹煞是非的政治起哄风气，表现了正直的思想品德。所以任渊注这首诗云："在熙丰（熙宁元丰）荆公为是，在元祐则荆公为非，爱憎之论，特未定也。"

风急啼乌未了①，　　雨来战蚁方酣②。
真是真非安在？　　人间北看成南③。

① 风急啼乌:《淮南子》谓:"乌鹊识岁之多风,去乔木而巢扶枝。"又《述征记》谓:"长安宫南有灵台,有相风铜乌……此乌遇千里风乃动。"这里以乌比人,在政治风向变化时随风转动,为保全自己,趋利忘义。　②"雨来战蚁方酣"句:蚂蚁对天气很敏感,大雨将至则封穴户,不同的蚁群为争穴而战。这里借喻势利之徒见风使舵,弄权酣战。　③北看成南:站在谋私利或小集团的立场看问题,会颠倒是非。

翻译

风声紧急,乌鸦聒噪不安,
大雨将来,蚂蚁争战正酣。
真是真非究竟在哪里?
人世间会把北看成南。

有怀半山老人再次韵二首(选一)

"半山老人"是对王安石的敬称。王安石晚年居江宁钟山的半山上,自号半山。"再次韵"是指写了《次韵王荆公题西太一宫壁二首》后,再依王诗韵写成二首。这一首对王安石在政治上的成功、学术上的业绩、创作上的成就表示敬佩,以志缅怀。这诗及上诗在艺术上都符合作者"妙画骨相遗毛皮","皮毛剥落尽,唯有真实在"的主张。

短世风惊雨过, 成功梦迷酒酣。
草《玄》不妨准《易》①, 论诗终近《周南》②。

① 草《玄》:汉代著名学者扬雄撰《太玄经》。此借指王安石的著述,如《三经新义》等。准《易》:以《周易》为准绳。 ②《周南》:《诗经》十五国风之首,颂扬周初德化被于南方。借指王安石论诗以《周南》为依归。

翻译

短暂的一生风惊雨过,

事业的成功梦迷酒酣。

写《太玄》不妨以《易》为准,

论诗歌终归是接近《周南》。

有怀半山老人再次韵二首(选一)

奉和文潜赠无咎，篇末多以见及，以"既见君子云胡不喜"为韵（选二）

本题八首一组作于黄庭坚在秘书省任职期间。当时他和同住京师的张耒（字文潜）、晁补之（无咎）来往，诗歌唱和，心情愉快。这组诗便是他们的唱和之作，以"既见君子，云胡不喜"八字作韵脚，显示着他们同气相求，交谊深厚。

其一

龟以灵故焦①，　雉以文故翳②。
本心如日月，　利欲食之既③。
后生玩华藻，　照影终没世④。
安得八纮罝⑤，　以道猎众智⑥。

---

① 以：因。灵：龟长寿，阅历丰富，古人认为用龟占卜，会灵验。焦：占卜时将龟壳钻孔再用火灼，根据烧出的裂纹判断吉凶。　② 翳（yì）：通"殪"，自毙。《诗·大雅·皇矣》："作之屏之，其菑其翳。"毛传："木立死为菑，自毙为翳。"此用其词义。　③ 食：同"蚀"。既：尽。　④ 照影：《博物志》载："山鸡有美毛，自爱其色，终日映水，目

眩则溺死。"没世:死去。　⑤紘(hóng):纲,维,提挈网络的粗大绳子。罝(jū):网,这里指天网。八紘罝:有八条大纲维的天网,借指包罗广阔的圣人之大道。　⑥众智:世俗众人的小智小巧,如善于伪饰,尔虞我诈,损人利己等。前文提到的一些没有好结局的事物,如龟、雉、山鸡、后生都属于"众智"之列。

翻译

龟因为灵验被烧焦,
雉因为文采被殪死。
心地本像光明的日月,
利欲却把本性尽数吞蚀。
后生们玩弄华丽的词藻,
顾影自怜终究死去。
怎样能布下八大纲维的天网,
用大道猎获世俗的小智。

其七

荆公六艺学①,　妙处端不朽②。
诸生用其短,　颇复凿户牖③。
譬如学捧心,　初不悟己丑④。

奉和文潜赠无咎,篇末多以见及,以"既见君子云胡不喜"为韵(选二)

玉石恐俱焚⑤, 公为区别否⑥?

---

① 荆公:王安石,封荆国公。六艺:《诗》《书》《易》《礼》《乐》《春秋》六种经书。这里指王安石对六艺的新的解释,如"六经新义"之类。
② 端:真的,当真。 ③ 凿户牖(yǒu):不由正当的门户出入,另凿开门窗户。指学经不遵传统的规范,穿凿附会,另找左道旁门。
④ 捧心:语出《庄子·天运》,美女西施因有心病,常作捧心姿势,益增媚态。邻有丑女,见而学捧心,效果适得其反。悟:明白,觉到。
⑤ 恐:恐怕,耽心。玉石俱焚:好的坏的一齐抛掉。这里有讽刺当时全盘否定王安石的意思。 ⑥ 公:指张耒。区别:一指荆公新学要一分为二,二指要区分荆公之长与诸生所用之短。

翻译

荆公的六艺之学,
妙处真足以不朽。
诸生只用了它的短处,
还要再穿凿户牖。
好比是学西施捧心,
本没有发觉自己丑陋。
我怕这样会玉石俱焚,
您愿为之区别否?

送顾子敦赴河东三首(选一)

　　顾临,字子敦,元祐元年(1086)七月,以龙图阁直学士出任河东路转运使。河东包括今山西闻喜县以北至长城的地区。作者送顾临赴任,除体现儒家仁民爱物的思想外,还有对友人生活、身体的关切,公私兼顾,一往情深。

揽辔都城风露秋①,　行台无妾护衣篝②。
虎头墨妙能频寄③,　马乳葡萄不待求④。
上党地寒应强饮⑤,　两河民病要分忧⑥。
犹闻昔在军兴日,　一马人间费十牛⑦。

① 揽辔:抓起马的缰绳,指登车出发。　② 行台:中央派驻大行政区的机构。护:主持,照顾。衣篝:熏衣的竹笼。　③ 虎头:东晋画家顾恺之,小字虎头。墨妙:精妙的绘画作品。此以同姓的顾恺之相比况,顾临也善作画。　④ 马乳葡萄:西北地区的优良品种葡萄,这里指当地出产的一种名贵的马乳葡萄酒。　⑤ 上党:河东路的上党郡,治所在今山西长治。强(qiǎng)饮:勉强吃一点酒。　⑥ 民病:百姓的痛苦。分忧:一指减轻百姓的负担,二指防止侵扰。

⑦"一马"句:指元丰四年宦官李宪攻西夏大败,农民十条耕牛的产值仅能供一匹战马的费用。引用历史事实,提醒顾子敦不要妄启边衅,骚扰百姓。

翻译

　　你提缰从都城出发,正是寒风凝露的深秋,
　　行台没有侍妾为你熏衣整袖。
　　虎头妙绘希望常寄我,
　　马乳葡萄自不待搜求。
　　上党地寒要勉强喝酒,
　　两河民困要为之分忧。
　　听说当年军兴之日,
　　一匹战马耗费民间十头耕牛。

咏雪奉呈广平公①

本诗作于元祐二年(1087)。这是一首咏物言志之作,前六句写雪景,于景中见情,后两句则由雪生情,寄寓怀抱。全诗表达了诗人的情操志节,安贫守洁,耐寒忍寂,不计处境顺逆,都及时作出奉献。颔联由"夜听"到"晓看",从时间推移中反映雪由小到大的过程,连用四对叠字,层层加深,极富神韵,所以受到苏轼称赞,认为这两句正是黄诗的"佳处"。

① 广平公:原题下注"宋盈祖"三字,里爵未详。唐代名臣宋璟,先世是广平(今属河北)人,后因此以广平称宋姓。

连空春雪明如洗①, 忽忆江清水见沙②。
夜听疏疏还密密③, 晓看整整复斜斜④。
风回共作婆娑舞⑤, 天巧能开顷刻花。
正使尽情寒至骨, 不妨桃李用年华⑥。

---

① 连空:漫天。 ② 水见沙:江水清澈,可看到沙底。 ③ "夜听"句:夜间听雪落,紧一阵,松一阵。 ④ 整整:指雪花直落。斜斜:指雪花斜飘。 ⑤ 风回:风势回旋。共作:雪花随风一同旋舞。婆娑:

这里形容雪花旋落的样子。　⑥妨：妨碍。

翻译

漫天春雪空中明净如洗，
忽然回忆起江水清澈见沙。
夜听落雪声疏疏还密密，
天晓观看雪花飘整整又斜斜。
风势回旋和雪片共作婆娑舞，
天工巧施能开遍顷刻花。
正要尽情地给人寒彻骨，
也妨碍不了桃李趁年华。

双井茶送子瞻

本诗作于元祐二年(1087)。子瞻是苏轼的字。这年苏轼为翰林学士、知制诰。黄庭坚迁著作佐郎。他看透了宦海的诡谲,心绪比较恬退,而苏轼则还想有所作为。他把故乡双井的茶送了一些给苏轼,写了一首诗附呈,借以讽劝苏轼及早抽身,退出是非叠起的政治漩涡。本诗用了欲抑先扬的手法。前四句在称扬苏轼当时生活和才华时,特地提起"东坡旧居士"的伤心事,显然寓有微婉的讽谕。后四句先称美家乡的茶,然后深情地道出自己的嘱望,希望这茶能促使苏轼回忆起黄州时期的坎坷经历,然后急流勇退。这是一首七古,作者却运古于律,锤炼得像律诗一样精粹。一提东坡,二说黄州,都是诗的关键处,结尾只轻轻一点,就味深意长。

人间风日不到处,　　天上玉堂森宝书[①]。
想见东坡旧居士[②],　挥毫百斛泻明珠。
我家江南摘云腴[③],　落磑霏霏雪不如[④]。
为君唤起黄州梦,　　独载扁舟向五湖[⑤]。

① 玉堂：翰林学士院别称。森宝书：森然罗列着许多珍贵的书籍。② 东坡旧居士：苏轼贬黄州时在城郊的东坡筑室居住，自号"东坡居士"。用一"旧"字与今日的"玉堂"新居形成鲜明对照。③ 云腴：腴(yú)，肥美。高山云雾生长的茶叶肥美鲜柔，称云腴。④ 碨(wèi)：石磨，研磨茶叶的碾具。宋代茶叶是磨碎煎煮而饮的。霏霏：茶磨碎时纷落貌。⑤ "独载"句：用越国范蠡的事。范蠡辅助越王勾践灭掉吴国后，功成身退，泛小舟游五湖，做逍遥自在的小民。五湖：太湖的别名。

翻译

人间风吹日照不到之处，
是天上的玉堂，森然罗列着宝书。
我想见你这位东坡的旧居士，
作文时笔下好似飞泻百斛明珠。
这是从我江南老家摘下的云中肥茶，
用石磨研细纷落，连雪花也比它不如。
愿它唤起你黄州的旧梦，
独自驾着小舟泛游五湖。

戏呈孔毅父

本诗作于元祐二年(1087)。孔平仲,字毅父,江西新喻人,兄弟三人以能文著称,号三孔。本诗题为"戏呈",以诙谐笔调写高雅的情趣,末二句展露了不汲汲于个人名利的胸怀,全诗却依然表现了有志不展与生计窘迫的怅恨。

管城子无食肉相①,　孔方兄有绝交书②。
文章功用不经世③,　何异丝窠缀露珠④。
校书著作频诏除⑤,　犹能上车问何如⑥。
忽忆僧床同野饭,　梦随秋雁到东湖⑦。

① 管城子:毛笔的别称,出自韩愈《毛颖传》。食肉相:《后汉书·班超传》讲他"燕颔虎颈,飞而食肉,此万里侯相也"。这句是说弄笔杆写文章的人是没有大富大贵的福分的。　② 孔方兄:指钱。钱与士子绝交,指困穷。　③ 经世:经邦治国。　④ 丝窠:蜘蛛网。以上四句叹士子的清贫,有自嘲意。　⑤ 校书:校书郎,是秘书省掌管校勘书籍的官职。著作:官职名,有著作郎和著作佐郎,掌编纂国史。作者时迁著作佐郎。诏除:朝廷下诏任命。频:被命为校书郎和著

作佐郎,诏除不只一次。　⑥上车问何如:指尸位素餐,应付差事。南朝梁时著作秘书无实际才能,有"上车不落则著作,体中何如则秘书"的说法,见《颜氏家训》。　⑦东湖:在今江西南昌。

翻译

弄笔的人没有食肉相,
孔方兄却有绝交书。
文章的功用不能经邦治世,
等于蜘蛛网上缀着闪光的露珠。
虽然一再被下诏任命校书、著作的职务,
也只能是登车问候别人身体何如。
忽然记起同在僧床上进餐,
我的梦随着秋雁来到东湖。

次韵子瞻和子由观韩干马,因论伯时画天马[①]

本诗作于元祐二年(1087)。当时苏轼兄弟、晁补之、张耒、李伯时等一批友人均在朝廷,诗画交游,唱酬频繁。

[①] 子由:苏轼弟苏辙,字子由。韩干:唐代名画家,善画人物,尤工鞍马。其所画马,骨肉停匀,得其神气。伯时:李公麟,字伯时,熙宁三年(1070)进士,北宋著名画家,博学精识。初画鞍马,得马之神变。后专事佛绘,尤长白描,被推为宋画第一。论者谓其鞍马胜韩干,佛像过吴道玄,山水似李思训,人物似韩滉,而笔墨潇洒,则类南宗的王维。关于"伯时画天马",据苏轼《三马图赞·引》说,元祐初年(1086),有西域贡马,羌人温溪心献马,西蕃献汗血马,当时称为三骏马。苏轼曾请李伯时把三者的状貌描绘下来,这就是世传的伯时"天马图"。其实伯时画的"天马图"不止一种,今有《五马图》《三马图》传世。李伯时应苏轼之请,仿韩干笔意画天马图后,苏辙先写了咏画马的诗,苏轼和一些友人都步韵写了和诗。黄庭坚用同样的韵写了两首,一首和苏辙,一首和苏轼,即本诗。诗分三段。前八句写天马的形与神,寓意于人,着力表现天马有四方之志而无法放蹄驰骋。中间四句承上启下,写李伯时能观察体验马的神情进行创作。后八句由前面生发,"论伯时画天马",从绘画美学上探讨师造化与师传统、画骨相(神)与画毛皮(形)的关系,使本诗成为表述作者美

次韵子瞻和子由观韩干马,因论伯时画天马

学观的重要篇目。

　　　于阗花骢龙八尺①，看云不受络头丝②。西河骢作葡萄锦③，双瞳夹镜耳卓锥④。长楸落日试天步⑤，知有四极无由驰⑥。电行山立气深稳，可耐珠鞯白玉羁⑦！李侯一顾叹绝足⑧，领略古法生新奇。一日真龙入图画，在坰群雄望风雌⑨。曹霸弟子沙苑丞⑩，喜作肥马人笑之。李侯论干独不尔⑪，妙画骨相遗毛皮⑫。翰林评书乃如此⑬，贱肥贵瘦渠未知⑭。况我平生赏神骏，僧中云是道林师⑮。

---

① 于阗：今新疆和田，古西域国名，此泛指西域。骢：青白色的马，一名菊花青，故又称花骢。龙：《周礼·夏官》："马八尺以上为龙。"　② 看云：马意态自若，仰首看云，气概不凡。不受络头丝：不受笼头缰绳的拘系。　③ 西河：熙河地区，今甘肃、青海一带。作：呈现。葡萄锦：马身上的斑纹有如葡萄纹的织锦。　④ 双瞳夹镜：双目炯炯有光，像嵌着两块明镜。耳卓锥：骏马耳壳细长呈尖形，像竖着的锥子。　⑤ 长楸（qiū）：指两旁栽有楸树的驰道。楸：一种落叶乔木，古时常植为行道林。曹植《名都篇》："走马长楸间。"　⑥ 四极：四方极远之处。　⑦ 可耐：怎能忍受。鞯（jiàn）：马鞍下的垫子。

珠、白玉：均指装饰品高贵。羁：马络头。 ⑧李侯：称李伯时。侯：尊称。绝足：快步绝伦的神骏。 ⑨垌(jiōng)：郊野。群雄：各种雄健的骏马。雌：雌伏，变成雌马般驯弱。 ⑩曹霸：盛唐名画家，韩干的老师。沙苑丞：指韩干，原意是监马官名。沙苑是唐代牧马之所。丞：监丞。唐玄宗好名马，诏于北地置牧所，良马汇集，曾命韩干至牧马所，尽绘骏马之状供官廷观赏。 ⑪尔：如此。独不尔：指李伯时的看法与众人笑韩干不同。 ⑫李伯时认为韩干的妙处在于能画出马的内在气质，而不计外在形貌的肥瘦。 ⑬翰林：苏轼时为翰林学士。评书：评论书法。如此：指苏轼也是持这样的观点，重骨相而把毛皮放在其次。 ⑭渠：他，指苏轼。这句说"贱肥贵瘦"的观点是苏轼所不能同意的。苏轼论书法，认为"短长肥瘦各有态，玉环飞燕谁敢憎"（《孙莘老求墨妙亭诗》）。环肥燕瘦，各展丰姿。古人认为书画同源、同理，故苏轼评书的理论可移用于评画。 ⑮道林师：晋代僧人支遁，字道林。《世说新语》记载他曾悉心养马，人们讥笑他，他答："爱其神骏，聊复畜（养）耳！"最后两句巧妙地摆出自己的观点，舍形求神，遗貌求质被强调出来。

翻译

于阗花骢马堪称龙八尺，
昂头看云不受络头丝。
西河骢马的斑纹有如葡萄锦，
两个瞳仁像明镜镶嵌耳朵像竖锥。

次韵子瞻和子由观韩干马，因论伯时画天马

在日暮的长楸道上试天步,

知道有四极但不知向何方奔驰。

它电般行走山般站立气态深稳,

怎能忍受珍珠鞍鞯白玉羁!

李侯一看就惊叹是绝足,

领略了古法又创新奇。

一旦让真龙入图画,

郊野的雄骏都望风低首如成雌。

曹霸的弟子沙苑丞,

喜欢画肥马,遭人笑嗤。

李侯评说韩干独不如此,

说韩干能妙画骨相遗毛皮。

翰林评论书法也如此,

贱肥贵瘦不会被他所赏识。

何况我平生赏神骏,

在僧人中可说是位道林师。

题郑防画夹五首（选一）

本题是一组五首题画诗。郑防,北宋画家,曾绘有《流民图》,在当时有较大的社会影响。画夹是收藏图画的册卷。这里选了第一首,是题惠崇的《烟雨归雁图》的。人们常说"江山如画",诗中却表现画如江山。画面使人仿佛置身于风雨迷濛的洞庭,面对无际无涯向前延伸的湖面,竟想唤个小舟摇回家乡,这种奇想貌似夸张,实是画面效果的合乎逻辑的延伸,也是对画的成就的巧妙赞美。它似乎信手写来,却刻意出奇;不离本色,又别具风神。

惠崇烟雨归雁①,　　坐我潇湘洞庭②。
欲唤扁舟归去,　　故人言是丹青。

---

① 惠崇:北宋"九僧"之一,著名的画家和诗人。他善画鸭鹅雁鹭,尤工山川小景。王安石、苏轼等都曾写诗称赞过他和他的画作。
② 坐:使动词,使我置身。潇湘:河流名,潇水汇入湘江,一同流入洞庭湖。

翻译

惠崇画下烟雨归雁,
使我仿佛置身于潇湘洞庭。
真想唤扁舟载我归去,
故人说这只是丹青。

次韵王定国扬州见寄

王巩,字定国,与苏轼、黄庭坚皆友善。元祐年间,由苏轼荐举为宗正丞,后任扬州通判。这诗是山谷收到王巩的寄诗后次韵为答,内容主要是表达对朋友的思念,同情友人的遭遇,代鸣不平和劝慰之语,充满了友情。诗中写眼前见到汴河,却由汴水流入运河,流到扬州,联想到自己对友人的思念之情就像汴水昼夜不停地流向扬州;由彼方每天有船帆驶到汴京,联想到何时友人"北归"的"片帆","收"入眼底。宽慰友人,联想到扬州的物产美味,联想到杜牧"歌吹是扬州"的诗句,引出"行乐不恶"的精神安慰剂,都增添了本诗的情、趣、味。它的特点是善于用景、用比、用典烘托抒情。

清洛思君昼夜流, 北归何日片帆收①?
未生白发犹堪酒②, 垂上青云却佐州③。
飞雪堆盘鲙鱼腹④, 明珠论斗煮鸡头⑤。
平生行乐亦不恶⑥, 岂有竹西歌吹愁⑦。

---

① 清洛:清清的洛水。元丰年间导洛水入汴河流入淮河,连通运河,

经扬州。故以洛水喻思友之情。北归:指由扬州调入汴京任职。 ② 犹堪:还能经受得住。 ③ 垂上青云:临到有升迁高官显爵的机会。佐州:做州郡辅佐。王定国任扬州通判,通判是州郡副长官。 ④ 鲙鱼腹:将鱼腹细细切碎。 ⑤ 鸡头:芡实,俗称鸡头米,雪白滚圆,像珍珠一样。斗:量器,指芡实甚多,可供饱食。 ⑥ 不恶:不差。 ⑦ 竹西:扬州地名。歌吹:音乐演奏。杜牧诗:"谁知竹西路,歌吹是扬州。"竹西一带有扬州地方官享乐的去处。

翻译

清清洛水带着我的思念日夜奔流,
你何时北归让我眼中片帆收?
未生白发还能够喝酒,
临上青云却外放去佐州。
堆盘的飞雪是鲙鱼腹,
论斗的明珠是煮鸡头。
人生能够及时行乐也不差,
哪会在竹西听了歌吹而生愁。

再答元舆

陈轩,字元舆,元祐二年(1087)八月为主客郎中。从诗中看,陈元舆是不肯巴结逢迎、仗势欺人的正直官僚,所以只能沉沦下位,憔悴天涯。山谷对他的际遇寄予深切同情,但又深知这类士子是无法飞黄腾达的,还是"鸟倦归巢叶归本"为好。山谷有两首答元舆的七古,这里选的是《再答》。诗可分起承转合四节。开头四句连用否定句表示肯定意向,气势逼人,方东树《昭昧詹言》称赞说:"起逆入,奇气杰句,跌宕有势。"接着用"问君"句承接,这一问,掀起了波澜,发人思索。"便殿"句不是答案,而是补足,加强了发问的力度。"偶然"三句是转,写自己与友人的关系。问句"安得朱轓各凭熊"引出末四句作结,连用了几个"归"字,把归田归乡的理由说透。

君不能入身帝城结子公①,又不能击强有如诸葛丰②。 法当憔悴百寮底③,五十天涯一秃翁。 问君何自今为郎④? 便殿作赋声摩空⑤。 偶然樽酒相劳苦⑥,牛铎调与黄钟同⑦。 安得朱轓各凭熊⑧,江南楼阁白蘋风⑨,劝归啼鸟晓窗笼⑩。 男

儿邂逅功补衮①,鸟倦归巢叶归本。

---

① 帝城:京都。子公:陈汤,字子公。《汉书·陈咸传》载,陈咸任南阳太守,当时车骑将军王音在朝廷辅政,信用陈汤。陈咸便几次贿赂陈汤,希望陈汤引荐自己入帝城任职。这里喻为求人引荐。
② 击强:纠举、弹劾强横者。诸葛丰:字少季,琅玡人,汉元帝时任司隶校尉(掌纠察官员),纠弹恶官悍吏无所顾忌(事见《汉书·诸葛丰传》)。　③ 法:理。百寮:百僚。　④ 何自:由于什么,缘何。郎:指小官。　⑤ 便殿:帝王游息的别殿。声摩空:喻才高声振上都。⑥ 劳苦:慰问。句意指作者和元舆有时携酒共饮,互相安慰,解脱苦闷。　⑦ 牛铎(duó):牛铃铛,作者自比,有谦逊意。黄钟:声音宏大的庙堂乐器,比喻友人。句意说明两人才能修养不同,但同声相应,同气相求。　⑧ 朱轓(fān):车轓上涂有朱色。轓是车子两边的挡板。汉制,俸禄二千石的官,可享有朱轓。凭:凭靠。公侯的车可在车前横木上画熊。　⑨ 白蘋:一种水生植物。句意说江南水乡有从白蘋梢上吹来的清风。　⑩ 窗笼:窗户,窗有棂格似笼。　⑪ 邂逅:不期而遇。功补衮:补衮的大功,指大功名。衮是皇帝的龙衣,补衮指补救王政之失。

翻译

　　你不能亲自到京城结交陈子公,
　　又不能纠弹豪强有如诸葛丰。

理应潦倒憔悴屈居百僚下,
年届五十还是天涯一秃翁。
请问你为何至今还为郎?
你曾在便殿作赋才名远播,声摩长空。
偶然携来樽酒慰劳苦,
牛铃铛和黄钟声气相通。
怎能乘上朱轓车,各自凭靠车上画熊。
遥想江南楼阁从水上白蘋吹来清风,
劝人归去的啼鸟早上鸣啭在窗笼。
男儿意外遇上机缘取得大功名,
鸟倦回巢叶落归根乐享人生。

和游景叔月报三捷

游师雄,字景叔,元祐二年(1087)为将作监丞。此年西蕃首领鬼章青宜结再度叛乱,阴与西夏勾结,引羌人为内应,向洮河地区进兵。岷州知州种谊探知此事,汇报朝廷。朝廷派游师雄主持其事。游景叔与种谊商定连兵反击,配合默契,大败叛军,擒获鬼章青宜结。一月接连三次报捷,游师雄写了四首绝句记其盛,黄庭坚一一次韵奉寄诸将,又写了本诗和游景叔,表现了山谷的爱国思想,主张反侵扰,睦边境。

汉家飞将用庙谋①,复我匹夫匹妇仇②。
真成折箠擒胡月③,不是黄榆牧马秋④。
幄中已断匈奴臂⑤,军前可饮月氏头⑥。
愿见呼韩朝渭上⑦,诸将不用万户侯⑧。

---

① 汉家飞将:汉朝李广被匈奴称为"飞将军",这里借指游师雄。庙谋:朝廷的谋略。 ② 匹夫匹妇:普通老百姓。 ③ 折箠擒胡:箠是马鞭,一截是竹竿,一截是绳子,取其竹可以笞打,取其绳可以捆绑,这里的"擒胡"用后一层意思。这些都说明取敌甚易。 ④ 黄

榆：榆叶枯黄。牧马：指西北蕃人侵犯塞内。　⑤帷中：运筹帷幄之中。帷幄：军中营幕，指挥部。　⑥军前：离军营还远。两句意思都是指近处可以克敌，不用远征。月氏(zhī)：西域国名，代指西蕃侵扰者。饮月氏头：以月氏首领之头为饮器。　⑦呼韩：呼韩邪，匈奴单于。西汉宣帝时归附汉朝。甘露二年(前52)入朝，在渭水桥朝拜宣帝。这里用来祝宋朝和亲成功。　⑧"诸将"句：是说边境和平，无须用武功取封侯。

翻译

汉家的飞将运用庙堂之谋，
为边境上的黎民百姓报了大仇。
真成了折箠擒胡之月，
不再是黄榆牧马之秋。
运筹帷幄就能斩断匈奴臂膀，
决战军营外就可取用月氏头颅。
但愿看到呼韩邪单于来渭水上朝觐，
诸位将领无须再用战功去争封万户侯。

题伯时画顿尘马

元祐二年(1087)三月,苏轼主持礼部考试,辟黄庭坚为参详官,李伯时为点检试卷。这年年初会试时,大雪塞路,各地举子不能如期赶到,考试延至三月尚未结束。按规定,参试者一进试院便禁绝出入,而负责考试评卷的官员闭锁时间更长。院中生活待遇差,久与外界隔绝,心情郁闷,于是请伯时画画,大家唱和诗词消遣。这诗便是作者当时为李伯时题画的作品之一。顿尘是颠簸劳顿于风尘道途的意思。本诗由伯时画的顿尘马联想到人的劳顿,终日泡在文书档案堆里,埋头苦干,累得腰也直不起。

竹头抢地风不举①,　文书堆案睡自语②。
忽看高马顿风尘,　亦思归家洗袍裤③。

① 抢地:头触碰着地。　② 睡自语:说梦话。　③ 归家洗袍裤:含有因厌恶官场的劳碌肮脏而想归田的意思。

翻译

竹梢埋在地上风也不能举,
文书堆满案头梦里还自语。
忽见一匹高头大马困顿风尘之中,
也想回家去洗洗自己的袍裤。

题伯时画顿尘马

题伯时画严子陵钓滩①

这和前一篇是同时期的作品。也许有感于北宋党争中一些追权逐位者的卑鄙,诗人称颂"不事王侯、高尚其事"的东汉严光。末二句比照强烈,意味深长。

① 严子陵:东汉人严光,曾是光武帝刘秀的同学。光武即位后,隐居不仕,垂钓于富春江畔。钓滩:严子陵钓台,在浙江桐庐县富春江边。

平生久要刘文叔①,不肯为渠作三公②。
能令汉家重九鼎③,桐江波上一丝风④。

---

① 久要(yāo):旧交、旧约,少小结交的老朋友。刘文叔:刘秀的字。② 渠:他。三公:指公卿之位,高官。 ③ 九鼎:相传夏禹铸九鼎,后以九鼎代指政权,或象征分量极重。 ④ 桐江:富春江,流经桐庐,故称。一丝:指钓丝。

翻译

平生老友是刘文叔,

不肯去为他作三公。

能使汉朝政权像九鼎一般稳重,

就是那萦系在桐江钓丝上的清风。

题伯时画严子陵钓滩

听宋宗儒摘阮歌

宋宗儒,北宋史学家兼文学家宋祁的后代。摘阮,弹奏阮琴。阮琴相传是晋人阮咸所创制,故又名阮咸,形似琵琶。这是一首题写音乐艺术的诗。元祐三年(1088),作者在秘书省兼史局任职,有机会欣赏到多种艺术,写了一些高水平的题画赏艺诗,表达出自己的感受和见解。诗的前八句着力写宋宗儒的家业、修养、形貌、生活、性格。中间十句写音乐演奏,烘托气氛。后面几句是探索演奏何以如此神妙的原因。全诗贯串着一种对人生的理解和对理想境界的追求,最后落脚到归隐。

翰林尚书宋公子①,文采风流今尚尔②。自疑耆域是前身,囊中探丸起人死③。貌如千岁枯松枝,落魄酒中无定止④。得钱百万送酒家,一笑不问今余几⑤。手挥琵琶送飞鸿⑥,促弦聒醉惊客起⑦。寒虫催织月笼秋⑧,独雁叫群天拍水⑨。楚国羁臣放十年⑩,汉宫佳人嫁千里⑪。深闺洞房语恩怨,紫燕黄鹂韵桃李⑫。楚狂行歌惊市人⑬,渔父挐舟在葭苇⑭。问君枯木著朱绳⑮,何能道人意中事？ 君言此物传数姓，玄璧庚庚有横理⑯。 闭门三月传国工⑰，身今亲见阮仲容⑱。 我有江南一丘壑⑲，安得与君醉其中，曲肱听君写松风⑳。

① 翰林尚书：指宋祁，他曾任翰林学士，后升任工部尚书。宋公子：宋公之子，等于说宋家后代，指宋宗儒。 ② 文采风流：指学问、艺术修养和高雅潇洒的风度。此用杜甫《丹青引》"将军魏武之子孙……文采风流今尚存"语。 ③ 耆域：人名，印度来的高僧。据《高僧传》，他曾以法治愈瘫痪病人。探丸：取出药丸。起人死：使死人复活。这两句盛称宋宗儒的医道，也表现了他的狂气，把耆域当作自己的前身。 ④ 落魄：性情疏放，不拘小节。无定止：行踪飘忽。 ⑤ "得钱"二句：用陶渊明故事，得钱后悉送酒家，时而就饮，不问剩余的钱数，称赏宋宗儒轻财、洒脱、超逸不凡。 ⑥ "手挥"句：写宋宗儒演奏的姿态风度。嵇康《赠秀才入军》："目送归鸿，手挥五弦。"琵琶：指阮琴。 ⑦ 促弦：拨弦发出急促的声音。聒（guō）醉：声音噪于耳际，使酣醉中的人猛醒。 ⑧ 寒虫：蟋蟀。催织：蟋蟀鸣秋，寒季将至，催促人赶快织造寒衣。 ⑨ 独雁：离群的孤雁。叫群：呼唤同伴。这两句写乐声的悲凉。 ⑩ 楚国羁臣：屈原被逐，羁滞在外。 ⑪ 汉宫佳人：指远嫁匈奴的王昭君。这两句写琴声中传达出的怨愤。 ⑫ 韵：作动词用，增添了韵律和韵味。这两句写音乐转入甜柔，明丽妩媚。 ⑬ 楚狂：楚国的狂士接舆唱着"凤兮凤兮，何德之衰"的歌，从孔子的车前走过。市人：市集上的人。 ⑭ 渔父挐舟：出《庄子·渔父》，渔父在讲了一大套道理讥议孔子之

听宋宗儒摘阮歌

后,"刺船而去,延缘苇间",即把船划到芦苇里去了。这两句写琴声中表现一种狂放不羁的情绪。挈:同"桡",作动词用,以桨划船。葭(jiā)苇:芦苇。 ⑮枯木著朱绳:阮琴只是在干枯的木头上绷上朱色的弦线。 ⑯玄璧:黑(青)色的圆玉,中有孔,这里用以代指阮琴琴身。庚庚:横的样子。 ⑰国工:京都演奏高手,称得上国手的乐工。 ⑱身:自己。阮仲容:阮琴的创制者阮咸,字仲容,他当然是演奏阮琴的始祖。这以上,回答枯木朱绳何以能道出人的心意。 ⑲一丘壑:一丘一壑,天地虽小,足以隐居。 ⑳曲肱:曲肱而枕,弯着手臂枕着头,状自由自在。写松风:语意双关,抒发山中松风一样的感情;弹奏琴曲中的《松风》。

翻译

翰林尚书的宋公子,
文采风流至今仍如此。
猜想耆域是自己的前身,
囊中摸出药丸就能救人死。
相貌如同千年的枯松枝,
落拓在酒中行踪无定止。
得钱百万全部送酒家,
一笑不问现在余钱几许。
手弹着琵琶眼睛送飞鸿,
急音繁响使醉客也惊起。

像蟋蟀催人纺织月笼秋,

像孤雁呼唤同伴天拍水。

像楚臣屈原放逐有十年,

像汉宫昭君远嫁去千里。

像深闺洞房里倾诉儿女恩怨,

像紫燕黄鹂传达桃李的韵味。

像楚狂行歌惊动市人,

像渔父划船进入芦苇。

我问你干木片绷上红丝弦,

为什么能够传出人们心中事?

你说这东西已经传了好几姓,

黑玉般的琴身上有一条条横向的纹理。

闭门苦学三月得到国手指点传授,

就像亲见了阮仲容。

在江南家乡我也有一处丘壑,

怎能与你共醉在其中,

曲着臂枕着头听你弹奏松风。

听宋宗儒摘阮歌

题竹石牧牛

本诗作于元祐三年(1088)。诗前有小引:"子瞻画丛竹怪石,伯时增前坡牧儿骑牛,甚有意态,戏咏。"苏轼先画了丛竹怪石,李伯时在画面上增画了前坡牧童骑牛。作者感到很有意态,就写了这首题画诗。前四句介绍画面,后四句发抒感情。既爱石,又爱竹,表现了天真、宽仁的赤子之心。既有农村生活气息,又有联想丰富巧妙、语言活泼俏皮生发出来的趣味。

野次小峥嵘①,　幽篁相倚绿②。
阿童三尺箠③,　御此老觳觫④。
石吾甚爱之,　勿遣牛砺角⑤。
牛砺角尚可,　牛斗残我竹⑥。

---

① 野次:处在野地里。峥嵘:这里形容怪石嶙峋之状。　② 幽篁:深色的竹子。相倚绿:指画面上绿竹和怪石互相挨着。　③ 箠:鞭子。　④ 御:驾驭。觳觫(hú sù):本是牛恐惧战栗的样子,这里代指牛。　⑤ 遣:让,使。牛砺角,指牛在石头上擦痒,角碰着石头。　⑥ 残:损坏。

翻译

野地里兀立着石头棱角峥嵘,

一丛幽竹和它相倚呈翠绿。

放牛娃拿着三尺的长鞭,

驾驭着这头老牛觳觫。

这块石头我很喜欢,

别让牛来磨它的角。

牛磨角倒还可以,

牛斗会踩坏我的竹。

嘲小德

小德,庭坚之子,名相,小字四十,黄庭坚之妾所生。按封建名分"庶出"子身份要低贱一些,作父亲的不宜公开夸耀。但黄相聪慧可爱,庭坚中年才得此一子,舐犊情深,有不能自已者,因在诗题上用了一个"嘲"字,但慈祥之怀,怜惜之心,灼然如见。中间两联,写小儿情态及家人的疼爱,极其生动,充满了生活气息和人情味。末联称颂生母微贱、被人讥为"无外家"的王符,为爱重小德寻找历史依据,隐隐地对封建名分观念表现出异议。

中年举儿子①,　漫种老生涯②。
学语啭春鸟③,　涂窗行暮鸦④。
欲嗔王母惜⑤,　稍慧女兄夸⑥。
解著《潜夫论》,不妨无外家⑦!

① 举:生养。　② 漫:随意。种:种子。这里作后嗣解。　③ 啭(zhuàn):鸟鸣。　④ 行(háng):这里指涂窗墨迹成行。　⑤ 嗔(chēn):本是怒责,这里是叱止的意思。王母:祖母。　⑥ 女兄:姐姐。　⑦ "解著"二句:王符(85—163),字节信,东汉安定临泾(今属

甘肃)人。其母为妾,符被人看轻,讥为"无外家",即没有母系外亲、舅家亲戚。少好学,终身隐居著书,讥议时政得失,因不愿彰显自己的名字,故名其书曰《潜夫论》。这书是政治哲学著作,共三十五篇,另叙录一篇,今存。解:懂得,能够。

翻译

中年添了个儿子,
随意留个后嗣伴我垂老生涯。
他牙牙学语像春天鸣叫的小鸟,
他窗上乱涂像傍晚飞过的乌鸦。
要想叱责祖母会怜惜,
稍露聪慧姊姊就夸他。
如果将来懂得写作《潜夫论》,
不妨像王符一样没有娘舅家。

戏答俞清老道人寒夜三首(选一)

俞清老,字子中,金华人。他因为没有妻子之累,想出家,王安石帮助他进了半山寺,奉香火,披袈裟,僧名紫琳。但他受不了佛门的清苦,离山还俗,恢复了儒冠儒服(事见《王直方诗话》载黄庭坚语)。题为"戏答",可知俞先有来诗。题中有"寒夜",可能是来诗原题,也可能是有意突出这两个字,以佛门清寂、寒夜难熬为喻,戏谑孟浪出家的俞清老。诗中写寒夜将晓时分,生动地刻画了既着僧衣又难耐孤寂的友人的心理状态。首联渲染寺院的凄寒,暗示俞氏内心的不安。次联写世俗的早起,忙碌奔竞,牵扯俞氏的情绪,更促成他心灵的躁动。第三联有回叙性质,梦想超俗谈何容易,微含嘲讽意。最后一联又转到眼前,写僧人对镜看见光头时的两难心理。作者对友人的还俗抱同情态度,戏谑很有分寸,幽默而不流于猛浑,所以苏轼"屡哦此诗,以为妙也"(任渊注引山谷跋语)。

索索叶自雨①,　月寒遥夜阑②。
马嘶车铎鸣③,　群动不遑安④。
有人梦超俗,　去发脱儒冠。

平明视清镜， 政尔良独难⑤。

---

① 索索：落叶声。雨(yù)：下雨。 ② 遥夜阑：长夜将尽。 ③ 车铎：车铃铛。 ④ 群动：人群起身活动。不遑安：无暇再安寝。 ⑤ 政尔：同"正尔"，正是这样。良：实在，很。

翻译

　　沙沙的落叶就像下雨，
　　寒月里长夜渐阑。
　　马儿嘶叫车铃鸣响，
　　人们开始活动无从宁安。
　　有人梦想超脱尘俗，
　　剃了头发脱掉儒冠。
　　天明对着明镜细看，
　　这光头样儿实在是让人为难。

戏答俞清老道人寒夜三首(选一)

秘书省冬夜宿直寄怀李德素

李德素，名粢①，安徽舒城人，是作者母亲的旁系亲属。任渊注引山谷书说，李粢"浮沉于俗，操行如古人，往时隐龙眠山（在今安徽桐城），驾青牛往来皖公三祖（山名），自烧古松作墨"。显然，李德素是不谐流俗、遗世独立的隐者。元祐三年（1088）冬，作者在秘书省值夜班，中宵岑寂之中，想起了这位亲戚，平时敬重他的为人，同情他志节高尚而不遇于时，于是写了这首深情怀念的诗。

①粢（jié）。

曲肱惊梦寒①，　皎皎入牖下②。
出门问何祥③，　岑寂省中夜④。
姮娥携青女⑤，　一笑粲万瓦⑥。
怀我金玉人，　幽独秉大雅⑦。
古来绝朱弦，　盖为知音者⑧。
同床有不察，　而况子在野。
独立占少微⑨，　长怀何由写⑩？

① 曲肱:弯着胳膊作枕头。　②皎皎:月光明亮。　③祥:吉祥。这里指吉兆和凶兆。　④岑寂:像山一样寂静。省:秘书省。中夜:半夜。　⑤姮娥:嫦娥。青女:霜神。　⑥粲:灿烂。万瓦:万家屋顶。　⑦幽独:幽居独处。秉:怀抱。大雅:宏大高雅。　⑧"古来"二句:用俞伯牙因知音钟子期死去而绝弦的故事。　⑨占:据某事象推断未来。少微:星名,象征有才志而不仕的处士。占少微:根据少微的光度大小、色调明暗判断处士是否有出仕的机遇。　⑩写:陶写,抒发。

翻译

弯肘枕头好梦被寒气惊醒,
洁白的月光照进牖下。
开门出来探问是何征兆?
山一般寂静是秘书省的午夜。
月宫嫦娥携带着霜神青女,
嫣然一笑辉映万家屋瓦。
怀念我那金玉般的友人,
幽居独处怀抱大雅。
古来断绝朱弦,
就因为失去了知音者。
同床而卧尚且有所不察,
何况你还僻处草野。
我独自站着仰观少微星,
不知该怎样将长怀抒发!

秘书省冬夜宿直寄怀李德素

同元明过洪福寺戏题

本诗作于元祐四年(1089),作者仍供职秘书省兼史局。旧本原有作者序云:"三月中同吕元明、毕公叔至洪福寺,见元明壁间旧题云:'与晋之醉后,使骑升木撼花以为笑,戏答乐天诗"飒飒风和雨"。'"这首诗从元明旧题中"飒飒风和雨"展开联想,对风雨飘摇的局势有所担忧,对风雨摧花时还要摇撼树枝的落井下石者深为愤慨。

洪福僧园拂绀纱①,　　旧题尘壁似昏鸦。
春残已是风和雨,　　更着游人撼落花。

---

① 洪福僧园:洪福寺,在汴京,是一个花木繁茂的好去处。苏轼曾称"玉仙洪福花如海",文人去游览的不少。绀纱:青红色的纱罩,纱幕之类,一般多用在佛座、佛龛周围。绀:暗紫红,深青带红色,为佛门特有色相,故佛寺被称为绀园、绀宇。"拂绀纱"渲染佛门清净,一尘不染。

翻译

洪福寺僧园里飘拂着紫绀色幕纱,
昔日题壁的字迹却尘封着有如暮鸦。
春残时节已遭到风吹雨打,
更哪堪游人摇撼树枝上的残花。

演雅

　　这是一首内容和形式都有突出特色的七言诗,因为写的多是江南鱼虫,结尾又有"江南野水碧如天,中有白鸥闲似我"两句,以往一般认为是黄庭坚知江西泰和县时作,写作时间为元丰四年至五年(1081—1082)。现经学界研究,认为本诗的素材,不是来自田野观察,而是从阅读典籍中获得的自然常识或典故,把四十二种小动物组成系列意象,折射人的行为、情态和人际关系,反映北宋后期社会生活,这也是黄庭坚饱经忧患后人生修养提高的结果。因此认为应该系在元祐更化后的1090年左右。

　　诗题《演雅》,意为演述或演绎《尔雅》。《尔雅》是孔门后学解释六艺、进行名物训诂的参考书,《汉书·艺文志》著录二十卷,今存十九卷。前三卷是释诂、释言、释训,解释语辞,后十六卷有释虫、释鱼、释鸟、释兽、释畜等。《演雅》运用的材料多出自解释虫鱼鸟三篇。有人认为这种胪列小动物的写法和命名法,还受了陆游祖父陆佃著作《埤雅》(意为增补《尔雅》)的启发。黄庭坚和陆佃在秘书省国史馆同事六七年,其间陆佃一直在撰写《埤雅》,黄有条件阅读该书稿。《演雅》写的四十二种动物有三十七种见于《埤雅》,两者内容多有相通相似之处,这为《演雅》系在元祐五年(1090)提供了重要证据。

《埤雅》是学术著作,重在格物致知;《演雅》是艺术创作,重在拟人抒情。它排列鱼鸟昆虫意象,与一般比兴不同,以此物比彼物,或由此物触发感情,联想彼物,彼此有象征关系。以物象征人,物永远是寓意说理的媒介。《演雅》在艺术上的突出优长是拟人。即把物当作人来写,把物象从配角(喻体)地位上升到主角(本体)地位。它所排列的意象,没有本体喻体的差异,所写的物,具有人的情态,亦人亦物,两位一体,实现了自然物象的人文化。诗人便可以借鱼鸟昆虫来折射人,表现人际关系,反映人的生存状态。

既然要反映社会生活,必然要揭示人、事、物的真相,表现诗人鲜明的是非观。《演雅》善于运用讽刺。开篇一句,就是讥讽桑蚕结茧,自作自受,自食其果。"枝头饮露蝉常饿",保持高洁就要挨饿;"白鹭不禁尘土涴",环境龌龊,白鹭难免要同流合污,都有刺世意义。

诗产生在"情之所不能堪"的时候,往往发为"呻吟调笑之声",黄庭坚多有戏谑、调侃的作品。同样,《演雅》也是善于呻吟调笑的,如"气陵千里蝇附骥,枉过一生蚁旋磨","五技鼯鼠笑鸠拙,百足马陆怜鳖跛",都表现了谑而不虐的风格。

《演雅》是一首句式整齐、对仗工稳、一韵到底的七言长诗,形式非常独特。说它是古风,全诗又贯串着比较工稳的对仗,不能自由书写;说它像七言排律,但又冲破了平仄的规则。这种戴枷的古风又是松绑的律诗,却极适合《演雅》的内容要求。全诗是象喻性文体,由单独意象排列而成,如果没有对仗,就会杂乱无章;两两相对,就有了意象组合。单独的诗句就像为四十二种小动物拍了照片,对仗组合就像制作了小视频,全部意象排列组合就像集体合照。这合照,就是北宋后期的社会众生相。这中间既有奸佞,又有宵小,既闹腾喧嚣,又细碎繁琐。一切事物都有两面,全诗四十句前三十八句是阴晦的一面,后两句是光鲜的一面:"江南野水碧于天,中有白鸥闲似我。"这两面互相烘托,互相映照,相得益彰,突出了作者的高洁形象和卓尔不群,使诗歌的内容和形式得到完美的统一。

桑蚕作茧自缠裹, 蛛蟊结网工遮逻①。
燕无居舍经始忙②, 蝶为风光勾引破。
老鹳衔石宿水饮③, 稚蜂趋衙供蜜课④。
鹊传吉语安得闲⑤, 鸡催晨兴不敢卧⑥。
气陵千里蝇附骥, 枉过一生蚁旋磨。
虱闻汤沸尚血食⑦, 雀喜宫成自相贺⑧。
晴天振羽乐蜉蝣⑨, 空穴祝儿成螟蠃⑩。

蛣蜣转丸贱苏合⑪，　飞蛾赴烛甘死祸⑫。
井边蠹李蟗苦肥⑬，　枝头饮露蝉常饿。
天蝼伏隙录人语⑭，　射工含沙须影过⑮。
训狐啄屋真行怪⑯，　蟏蛸报喜太多可⑰。
鸬鹚密伺鱼虾便⑱，　白鹭不禁尘土涴⑲。
络纬何尝省机织⑳，　布谷未应勤种播。
五技鼫鼠笑鸠拙㉑，　百足马蚿怜鳖跛㉒。
老蚌胎中珠是贼㉓，　醯鸡瓮里天几大㉔。
螳螂当辙恃长臂，　熠燿宵行矜照火㉕。
提壶犹能劝沽酒㉖，　黄口只知贪饭颗㉗。
伯劳饶舌世不问㉘，　鹦鹉才言便关锁。
春蛙夏蜩更嘈杂㉙，　土蚓壁蟫何碎琐㉚。
江南野水碧于天，　中有白鸥闲似我。

---

① 蛛蝥(máo)：蜘蛛。遮逻：遮挡，掩蔽。　② 经始：开始营建。
③ 老鸧(cāng)：鸟名,通称鸧鸹,麋鸹。　④ 衙：门面排列整齐的房舍,这里指蜂房。供蜜课：负担采蜜的任务,提供采蜜的成果。课,本指赋税,这里转为应负担的任务。　⑤ 鹊：喜鹊。吉语：吉祥的语言或信息。⑥ 晨兴：早起。　⑦ 虱：寄生在人畜身上的一种小昆虫,嗜吸血,临近汤水沸腾,亦不知避。　⑧ 宫成：新巢筑成。
⑨ 振羽：振翅飞动。蜉蝣：一种寿命很短的飞虫,一般朝生暮死。

演雅

⑩ 蜾蠃(guǒ luǒ):寄生蜂的一种,常在墙壁拐角处或树枝间用泥土筑窝,捕捉螟蛉等小虫存在窝里,作为幼虫的食物。旧时人们误认为蜾蠃养螟蛉以为己子,故有"螟蛉子"的说法。 ⑪ 蛣蜣(jié qiāng):又名蜣螂,一种有甲壳和鞘翅的昆虫,吃大便和动物的尸体。常把粪便滚成球形,在其中产卵,俗称屎克郎。苏合:一种香料,合诸香汁煎成。 ⑫ 死祸:招(惹)祸而死。 ⑬ 蠹李:(蛴虫)蛀食李子果实。蛴:金龟子的幼虫,居于土中,食植物根茎,俗称地蚕。 ⑭ 天蝼:通称蝼蛄,生活在泥土中,故称伏隙,俗名土狗。录人语:关注人的声音。倾听人的响动。 ⑮ 射工:含沙射影的怪物。传说水中有一种怪物,叫做蜮。他把沙子含在嘴里,有人影经过,就用力喷射,影子被喷着的人会得病。 ⑯ 训狐:枭的别称,俗名猫头鹰。啄屋:在树上啄洞为巢。行怪:猫头鹰昼伏夜动,被认为行动怪异。 ⑰ 蟏蛸:一种在室内结网小蜘蛛,蟏蛸结网于室内,被认为吉兆或有喜庆消息,故俗称喜蛛或喜子。 ⑱ 鸬鹚:(lú cí)俗名鱼鹰,又称水老鸦,羽毛黑色,有绿色光泽,嘴扁长,善潜水捕食鱼类,渔民多饲养来帮助捕鱼。 ⑲ 涴(wò):污染,弄脏。 ⑳ 络纬:虫名,通称莎鸡,晚间鸣唱,似催促人纺织,因又称促织,俗名纺织娘。 ㉑ 鼯(wú)鼠:又称五技鼠。正确的说法应该是鼫(shí)鼠,只有五种技能(生活本领)。鸠:常指山斑鸠,拙于筑巢,故称拙鸠。 ㉒ 马蚿:即马陆,一种百足之虫。跛:足有残疾,或两足一长一短,行不正。鳖跛,有的版本作"跛鳖",按诗的对仗要求,上句是"鸠拙",下句应对以"鳖跛";按押韵的要求,也应以"鳖跛"为是。 ㉓ 珠:珍珠。珍珠产于老蚌胎中,实是珠胎受伤后的一种结痂或结石,故曰"珠是贼"。 ㉔ 醯(xī)鸡:生长在醋瓮里的一种白色小虫,名叫蠛

蠛(miè měng)。长期生活在瓮子里,误以为处身的天地很大。 ㉕熠耀:本是光耀鲜明的意思,这里借指仓庚(鸧鹒)鸟。由诗句"仓庚于飞,熠耀其羽"(《诗经·豳风·东山》)引申而来。仓庚,即通常所说的黄莺,黄莺不但会鸣啭,飞行时羽毛还会闪耀光彩,因而在宵行中能秒夸"照火"。 ㉖提壶:鸟名,因发声"提壶"而被命名为"鹈鹕"。呼唤"提壶",含有劝人沽(买)酒的意思。 ㉗黄口:泛指幼鸟,或雏鸟。 ㉘伯劳:鸟名,又名鵙,鴂,百鹩,属鸣禽类,以夏至鸣,冬至止,时长半年,人不厌其烦。 ㉙蜩(tiáo):蝉,俗称知了,以夏季鸣。嘈杂:喧闹繁杂。 ㉚土蚓:蚯蚓,生活在泥土中,故名土蚓。蟫(yín):小虫名,又称蠹鱼,在板壁柜壁间爬来爬去,常栖于衣服、书籍中啮食破损处。

翻译

桑蚕吐丝作茧,结果是自我缠裹,
蜘蛛结网,善于遮蔽自己开展捕获。
燕归无巢,开始衔泥经营,一片忙碌,
蝴蝶被野地风光勾引,在花丛中飞起降落。
老鸽衔石垒窝,寄寓水边饮饮啄啄,
稚蜂采花回归蜂衙,完成酿蜜的日课。
喜鹊忙着传播喜讯,哪得偷闲自乐,
雄鸡催人晨起,自己怎能贪眠懒卧。
苍蝇自矜气陵千里,其实一直贴附马尾,

蚂蚁自以为旋转不息,却始终未离开石磨。
即使临近沸汤,虮虱难改吸血的本能,
麻雀建个小窝,像筑成宫殿互相祝贺。
蜉蝣朝生暮死,还要振翅飞舞享受生的欢乐,
寄生蜂把螟蛉抓进空巢,人以为它有了后祚。
屎壳郎转动粪球,还看不起香料的苏合,
飞蛾扑火,自作自受,甘于招惹焚身之祸。
井边蟠虫蛀食李肉,空自长得肥大,
秋蝉饮露,自鸣清高,难免忍饥挨饿。
蝼蛄(土狗)藏伏土隙倾听人的声响,
水怪含沙喷射,须待人影经过。
猫头鹰啄木为屋,昼伏夜动,行为怪异,
喜蛛室内结网被认为喜庆,得到认可。
鸬鹚密切注视鱼虾的活动,伺机捕捉,
白鹭保持高洁,禁不住尘土使它污浊。
纺织娘日夜鸣唱,哪能促进纺织,
布谷鸟啼唤播种,也未曾推动耕作。
鼯鼠只有五种技能,却嘲笑斑鸠笨拙,
马蚿百足只是爬虫,偏怜悯鳖甲脚跛。
老蚌生珠,谁知是珠胎受伤,痛苦如割,
蠛蠓生长在醋瓮,还以为天地辽阔。
螳螂倚仗长臂,怎阻挡车在辙上运行,

夜莺且飞且唱,炫耀它的羽翼闪光照火。
鹈鹕声声唤"提壶",催促人们去买酒,
黄口雏鸟只知贪食地上的饭颗。
伯劳从夏唱到冬,人们不嫌它聒噪饶舌,
鹦鹉才学会人言,便被用笼子关链子锁。
春有蛙鼓,夏有蝉噪,增添了烦杂喧嚣,
土里蚯蚓,壁间蠹鱼,钻来爬去,细碎繁琐。
江南野地水面,比天空更为碧绿,
中有白鸥悠游闲憩,不知是我像它还是它像我。

竹枝词二首

本题二首作于绍圣二年(1095)。绍圣元年(1094),政局新复,十二月,新党以修《神宗实录》不实的罪名,贬黄庭坚为涪州别驾,黔州安置。绍圣二年初,黄庭坚赴贬所,一路备尝艰辛,于四月下旬抵黔。《宋史》本传称"山谷自黔州以后,句法尤高,笔势放纵,实天下之奇作"。竹枝词原是巴东三峡一带的民歌,多表现怨抑情绪,山谷途经这里,采取民歌形式抒发情怀。这两首都是先着力渲染山川险绝,然后表现不以个人苦乐萦怀的超旷气概。前面的铺垫(行路难)使后面的思想生辉。

其一

撑崖拄谷蝮蛇愁①,入箐攀天猿掉头②。
鬼门关外莫言远③,五十三驿是皇州④。

---

① 撑崖拄谷:崖谷陡峭,如直撑之木,直拄之杖。蝮蛇:一种毒蛇。
② 箐(jīng):深竹林。猿掉头:猿猴登山因愁攀援之难而转头。
③ 鬼门关:地名,是峡州境内的险绝处。 ④ 驿:驿站,汉唐以三千

里为一驿。五十三驿:指汴京到黔州道途遥远。皇州:皇帝所管辖的州郡。

翻译

撑天拄地的崖谷使蝮蛇也生愁,
穿过竹丛向天攀登猿猴也掉头。
到了鬼门关外不要说什么遥远,
走过五十三个驿站还是皇州。

其二

浮云一百八盘萦,落日四十八渡明[①]。
鬼门关外莫言远,四海一家皆弟兄。

[①] 一百八盘、四十八渡:由峡州去黔州路上的地名,前者说山路盘屈至绝顶,插入云际,后者说岸谷曲折,水流诘屈,形成许多渡头,夕阳照射,明暗交互。

翻译

浮云在一百八盘上空萦绕,

落日在四十八渡水边映照。
到了鬼门关外不要说什么遥远,
四海之内本是一家弟兄同胞。

和答元明黔南赠别

作者赴黔南贬所时,长兄黄大临(字元明)一直陪送到目的地。作者有《书萍乡县厅》记载道:"初,元明自陈留出尉氏许昌,渡汉沔,略江陵,上夔峡,过一百八盘,涉四十八渡,送余安置于摩围山之下。淹留数月,不忍别,士大夫共慰勉之,乃肯行。掩泪握手,为万里无相见期之别。"这是本诗的背景。元明于六月十三日离黔东归,有赠别诗。这首诗是答元明赠诗之作。首联写兄弟暂聚骤别。第二联又以前时的同攀同涉衬托眼前的分别和未来的难聚。第三联写急雪骤降,脊令难以相依,惊风乍起,鸿雁被迫乱行,感慨歔欷。尾联希望兄长天际回首,寄慨遥深。

万里相看忘逆旅①,　三声清泪落离觞②。
朝云往日攀天梦③,　夜雨何时对榻凉④。
急雪脊令相并影⑤,　惊风鸿雁不成行⑥。
归舟天际常回首,　从此频书慰断肠⑦。

① 逆旅:客舍,旅馆。　②"三声"句:一说指离人听猿啼三声,泪下

沾裳。一说指离人自己的哭泣,借了"三声"字样。 ③ 朝云:用巫山神女"旦为朝云"事指前时兄弟同过巫山。攀天梦:指攀援过巫山已成往事,前尘如梦。 ④ 夜雨:双关"夜语",雨中夜话。对榻:对床夜卧。 ⑤ 脊令:任渊注此句"谓元明同忧患"。 ⑥ "鸿雁"句:雁飞列行,惊风乍起,鸿雁乱行,指眼下元明将别去。 ⑦ "归舟"二句:都是寄望于元明,希望他东归后常回望黔州,频频寄书抚慰逐客的孤凄。

翻译

兄弟相看行程万里忘了身在逆旅,
三声猿啼使我的清泪落进离觞。
朝云当年攀天成梦,
夜雨何时对床而卧气息清凉。
急雪中脊令形影相并,
惊风劲起鸿雁飞不成行。
你归舟到天边请常常回首,
从今后多来书信慰我断肠。

蚁蝶图

　　这是一首题画诗。岳珂《桯史》说它作于黔州,时为哲宗元符元年(1098)。诗中借虫蚁讽世态,本无嘲旧派、斥新派的直接用意,但写了先前的得意洋洋者没有好下场,后来的得意洋洋者不过像蚂蚁,以南枝的洞穴为"大国",为名利场,为安乐窝,所以此诗传入京师后,惹起新派宰相蔡京大怒。因之人们便以为此诗是徽宗崇宁元年(1102)新派重操政柄时写的。它寥寥二十四字,刻画了一个过程,形象生动,憎爱分明,寓意深刻丰富,历来颇受称赏。

蝴蝶双飞得意,　偶然毕命网罗。
群蚁争收坠翼①,　策勋归去南柯②。

---

①"坠翼"句:蝴蝶陷入蛛网,蜘蛛食蝶,蝶翼坠落地上,为蚂蚁争着收取,搬回蚁穴。　②策勋:把功勋记载在简策上。南柯:树的南枝。唐李公佐《南柯太守传》,淳于棼梦中到大槐安国,被招为驸马,任南柯太守,享尽了荣华富贵。醒来时发现所谓大槐安国南柯郡就是门前大槐树南边的枝子,荣华富贵之乡原不过是一个蚂蚁洞。

翻译

蝴蝶双双翩飞很是得意,
偶然把性命断送在网罗。
蚂蚁争着收取坠落下来的蝶翼,
回去记载功勋在南柯。

次韵黄斌老所画横竹

元符元年(1098),因避亲嫌,作者被移戎州①安置。元符二年(1099),与黄斌老唱酬甚多。黄斌老是北宋画家文同(与可)的妻侄,善画墨竹。本诗称赏黄所画横竹,突出了竹的奇横,指出了它是画家胸中骨梗的外化。首二句展现了画家的精神状态。第三四句既赞竹,又赞人。第五六句写画家创作的环境条件,显示他的修养志趣。末二句从画面的三块石头产生联想,说是安上石块,使卧龙屈蟠,否则形全便会飞去,使画趣画意倍增。

① 戎州:今四川宜宾。

酒浇胸次不能平①,　吐出苍竹岁峥嵘②。
卧龙偃蹇雷不惊③,　公与此君俱忘形④。
晴窗影落石泓处⑤,　松煤浅染饱霜兔⑥。
中安三石使屈蟠,　每恐形全便飞去⑦。

① 胸次:胸中。　② 岁峥嵘:岁月峥嵘,形容苍竹出于寒冬严峻天气。　③ 偃蹇:横卧的样子。　④ 此君:竹的代称。忘形:忘却自己的身份处境。　⑤ 石泓:指砚台,砚上有洼处贮水。这句说砚池贮

水,能倒映出晴窗的光影,显示画家挥笔作画的环境。　⑥松煤:以松烟制成的墨。霜兔:用雪白的秋兔毛制成的笔。　⑦"中安"二句:指画面有三块石头压着竹子,使之盘曲诘屈,不得伸展。一旦得到伸展,形体画全了,卧龙便会飞去。安:置放,布置。

翻译

借酒浇愁,胸中抑郁不能平,
吐出画里青竹岁月峥嵘。
像卧龙横卧雷霆不能惊,
你与青竹全都忘了形。
晴天的窗影落在砚池里,
霜兔毫蘸饱了松烟墨点染轻轻,
画中安置三块怪石使青竹屈蟠,
也担心形状完全了会飞升。

次韵答斌老病起独游东园二首(选一)

山谷贬置戎州,黄斌老患病,对诗、书、画的共同爱好与追求,使二人在精神上深相契合。元符二年(1099)夏,斌老病起,独游家中东园,写诗二首以示作者,作者接连酬答。这里选首次酬答的第二首。诗中写山谷意想中的斌老游园时的情味,同时寄托了作者此时此地的生活观念和心态,用佛家的空无轮回观和庄子的齐物论作为精神支柱,视荣辱如浮云,视祸福如转轮,在自我超脱中潜心志于自然美的发掘与艺术美的探寻。本诗是作者的禅、庄思想和艺术追求结合的产物。

主人心安乐①,　花竹有和气。
时从物外赏②,　自益酒中味③。
斸枯蚁改穴④,　扫箨笋进地⑤。
万籁寂中生⑥,　乃知风雨至。

① 主人:指黄斌老,为东园主人。　② 物外:世外,尘外。张衡《归田赋》:"苟纵心于物外,安知荣辱之所如。"此用其意。　③ 益:增添。酒中味:指忘忧。　④ 斸(zhú):作动词用,砍去。　⑤ 箨

(tuò)：笋壳。迸地：穿地而出，指笋尖冒出地面。这两句既是写景，又是一种哲理的寓托，事物是因缘而至的，是轮回的。　⑥ 万籁：指自然界发生的各种音响。寂中生：事物原本寂静，风动有声。

翻译

主人的心情安乐，

花竹也有和气。

时时以超然物外的眼光观赏，

自然增添酒中的滋味。

砍掉枯木蚂蚁改迁洞穴，

扫去竹皮新笋冒尖破地。

万籁都从寂静中产生，

可以从细微中预知风雨将至。

又答斌老病愈遣闷二首（选一）

这是作者同黄斌老第三次和韵酬答中的第二首。诗中对病愈遣闷的主题作了小结与生发。前四句不着痕迹地嵌入了禅理庄意，把诗人对自然景物的审美观照与友人的超然物外的心态融而为一。第三联顺势引出庄禅的心物观念，把《维摩诘经》的"以智慧剑，破烦恼贼"和《庄子》的"游刃有余"结合成为一个比喻，以禅道、庄理为驱除疾病烦恼的利器。末联转而以黄斌老口吻抒写表现烦恼破除后神健气爽的精神面貌，由谢客变为很想和友人见面，一展谈锋。

风生高竹凉，　雨送新荷气。
鱼游悟世网①，　鸟语入禅味②。
一挥四百病③，　智刃有余地④。
病来每厌客，　今乃思客至⑤。

---

① 世网：尘世的各种羁绊。　② 禅味：禅意的妙味，释家指坐禅入定时的空静安寂之感。　③ 四百病：佛教认为人的身体由地、水、火、风"四大因缘"和合而成。《维摩诘经》说，某一大因缘失调（过多

或减少),则产生一百一种疾病。四大因缘失调,则会产生四百四种疾病。这里举成数说"四百病"。　④ 智刃:智慧之剑。《维摩诘经·菩萨行品》:"以智慧剑,破烦恼贼。"意谓人的思想修养高,即可消除烦恼。　⑤"病来"二句:拟黄斌老口吻代为述意。

翻译

清风吹拂高竹生凉,
细雨送来新荷气息。
鱼游使我悟到尘世如网,
林间鸟语引人进入禅味。
一挥剑驱除四百种疾病,
智慧的锋刃运行有余地。
病来每厌烦来客,
如今却思念客至。

跋子瞻和陶诗

苏轼在绍圣元年(1094)被贬广东惠州,绍圣四年又被贬琼州别驾、昌化军(治儋州)安置。在惠州、儋州期间,苏轼几乎把陶渊明的诗全和了一遍,占了苏轼岭海诗作的三分之一。本诗有山谷真迹石刻,题云:"建中靖国元年(1101)四月,在荆州承天寺观此诗卷(指苏轼和陶诗),叹息弥日,作小诗题其后。"记述了写作的时间、地点和起因。元符三年(1100),宋徽宗登基,行大赦,山谷才于次年结束了贬黔以来六年的流放生涯。正月解舟江安,四月到荆州。作者一生钦敬东坡,文学上的互相唱和,政治上的共同遭遇,使他们的友谊生死不渝。所以当他在荆州读到苏轼和陶诗卷后,五内交感,慨然赋诗寄情。全诗直叙其事,意蕴深厚,冷峻的文字中饱含着浓烈的真情,力度、气势自在。

子瞻谪岭南,　时宰欲杀之①。
饱吃惠州饭,　细和渊明诗。
彭泽千载人②,　东坡百世士③。
出处虽不同,　风味乃相似④。

① 时宰:指绍圣年间任宰相的章惇,他迫害苏轼,可谓不遗余力。
② 彭泽:江西县名,这里代指陶渊明。陶曾任彭泽县令,因不愿"为五斗米折腰"弃官归田。　③ 东坡:苏轼贬黄州时,曾在州城东边的山坡借住,自号东坡居士。　④ 出处(chǔ):出仕和退隐。陶渊明是去官隐居田园,苏轼一生在宦海中沉浮,表面有差异,内心的苦闷、生活感受却是相同相通的。

翻译

苏子瞻贬到岭南,
当时的宰相想把他杀死。
但他却是饱吃惠州之饭,
细和渊明之诗。
陶彭泽是名垂千载之人,
苏东坡是百世可法之士。
出处虽然不同。
风味却很相似。

次韵中玉水仙花二首

马瑊,字中玉,时为荆州知州。这两首绝句一写水仙花质地美好,借水开花,雅淡清高;二写水仙花不为世俗爱惜,流落民家。关于后诗有一段本事。《墨庄漫录》说作者在荆州时,见邻居有一美女,绰约多姿,深为称赏。未几,其家将女子下嫁里巷贫民,因赋此诗以寓意。后数年,荆州大饥荒,其夫将她卖给田氏家,"憔悴顿挫,无复故态"。田家知当年事后,为纪念黄庭坚,将女子改名为国香。但本诗并非单为女子而发,实寄托着诗人对身世的感怆。

其一

借水开花自一奇, 水沉为骨玉为肌①。
暗香已压酴醾倒②, 只比寒梅无好枝。

① 水沉:沉水香,一种木质香料。 ② 酴醾:蔷薇科灌木,初夏开花,朵大瓣肥,色白味香。

翻译

种在清水里开花可称得一奇,
沉水香为骨玉为肌。
暗香已把酴醾花压倒,
比起寒梅只是缺少好枝。

其二

淤泥解作白莲藕①,粪壤能开黄玉花②。
可惜国香天不管③,随缘流落小民家④。

---

① 淤(yū)泥:滞积的污泥。解作:可以长出。 ② 粪壤:粪土。黄玉花:指水仙,花瓣白如玉,花心黄如金,故又称玉盘金盏。 ③ 国香:本指兰花,这里泛指高品位的花,据说盛唐时期水仙被列为朝廷的品花。 ④ 随缘:听随命运播弄的意思。缘:缘分。

翻译

淤泥里能长出白莲藕,
粪土中能开放黄玉花。
可惜这国香连上天也不管,
随着缘分流落到小百姓家!

一 王充道送水仙花五十枝，欣然会心，为之作咏

本诗是作者在荆州答谢王充道之作。在他多首写水仙花的诗中，这是最知名的一篇。首联由水仙花的亭亭玉立联想到凌波仙子、洛水水神在水中月下，款步轻盈，悄立娴雅，如怨如慕，令人爱怜。次联写仙子化花，被前人称为"奇思奇句"。三联写水仙娇柔芳姿，品类高雅清洁。末联表现睹花怀人，情思缭乱，难以平静，突然归结到要从沉溺的感情中求得解脱的要求，所以前人评为"断句旁入他意，最为警策"（陈长方《步里客谈》）。

凌波仙子生尘袜①，　水上轻盈步微月。
是谁招此断肠魂，　种作寒花寄愁绝。
含香体素欲倾城②，　山矾是弟梅是兄③。
坐对真成被花恼④，　出门一笑大江横。

①"凌波"句：这一句用了曹植《洛神赋》中的形象："凌波微步，罗袜生尘。"　②体素：指花的质地素洁。　③"山矾"句：说梅开在水仙花之前，故称"兄"；山矾开花在水仙花后，故称"弟"。山矾：又称玚

(yáng)花,春天开小白花,极香。　④ 真成:真个是。

翻译

凌波仙子尘土沾上罗袜,
在水上轻盈地踏着微月。
是谁招引来这断肠的精魂,
种成了寒花寄愁绝。
形体素洁、蕴含芳香欲倾城,
山矾是她的弟弟梅是兄。
我独坐相对真个是被花恼,
出门一笑但见大江面前横。

赠李辅圣

李辅圣是作者的旧友,睽违八年。此时,作者在荆州听候朝廷安排,也已逾年。意外相逢,百感交集,写了这首赠诗。首联叙述久别重逢。次联称赏李辅圣对官场的厌倦和对超逸出尘的追求。三联询问友人生活近况,嘱告他要心胸开阔,随缘自适。末联对别后友人失去贵妾表示关切,末句更蕴含着惋惜和悲悯。全诗采用倾诉心曲的写法,充满了交深爱切的知友情怀,娓娓道来,无限亲切,而兀傲的不平之气,见于言外。

交盖相逢水急流①,八年今复会荆州。
已回青眼追鸿翼②,肯使黄尘没马头?
旧管新收几妆镜③,流行坎止一虚舟④。
相看绝叹女博士⑤,笔研管弦成古丘⑥。

---

① 交盖:车盖相接,指与友人相逢。水急流:任渊认为两人猝然相遇,不容停留久滞,如水急流而去。 ② 青眼:用阮籍故事,把青眼投向喜悦者。鸿翼:用嵇康诗"手挥五弦,目送飞鸿"意,说明友人厌倦官场,有一种超逸出尘的追求。 ③ 旧管新收:古时官文书的套

语,这里用来指原有的和新收的歌姬侍妾。妆镜:女人用品,代指姬妾。　④ 流行坎止:遇水流则行,遇土坎则止,身如虚舟,随缘自适。 ⑤ 女博士:对多才多艺的女子的赞词。作者原注云:"女博士谓辅圣后房孔君也,于文艺无所不能,皆妙绝。"李辅圣侍妾孔氏,此时去世已久,故用"绝叹"字样表哀惋。　⑥ 研:砚台。古丘:荒垅的意思。

翻译

  车盖相接像河水急泻不容停留,
  阔别了八年今日又相会在荆州。
  你已回转青眼去追送飞鸿展翼,
  岂肯让黄尘掩没你的马头?
  旧有的新收的有几位姬妾?
  随水而行、遇坎则止,人生如同虚舟。
  相看都十分叹息那位女博士,
  她的笔砚管弦如今都埋没成古丘。

和高仲本喜相见

高仲本,万州知州。建中靖国元年(1101)二月,作者出川过万县时和他结识。同年冬,作声在荆州候命,又和他相逢,再次写诗为赠。一表欣喜之情,二致赞美之意,三希望友谊继续下去,从友人的文章、谈笑中获得教益与慰藉。全诗顺理成章,一气呵成,文字流畅而极有分寸,不见勤锻苦炼痕迹,渐入练达老成之境。

雨昏南浦曾相见[①], 雪满荆州喜相逢。
有子才如不羁马[②], 知君心是后凋松[③]。
闲寻书册应多味, 老傍人门似更慵[④]。
何日晴轩观笔砚[⑤], 一樽相属要从容[⑥]。

[①] 南浦:万州,唐代为南浦郡。雨暗万县,系记实事。当时高仲本曾约作者同游岑公洞,因夜雨未能成行。作者有戏作七绝二首。
[②] 不羁马:喻高仲本才华奔放。 [③] 后凋松:用《论语·子罕》"岁寒然后知松柏之后凋也"语,喻高仲本能经得起考验,保持节操。
[④] 傍人门:依傍别人门户,投靠权势。慵:懒。 [⑤] 笔砚:指对方的文章或书画之类。 [⑥] 属(zhǔ):嘱咐,告诫。从容:指友朋相聚谈

笑,无拘无束,从容自若。

翻译

　　雨昏南浦我们曾相见,
　　雪满荆州我们喜相逢。
　　你的才华好像不羁马,
　　我知道你的心有如后凋松。
　　得闲翻读书册应多乐趣,
　　老来傍人门户似更加懒慵。
　　哪一天在晴窗之下观笔砚,
　　举杯相嘱处世要从容。

雨中登岳阳楼望君山二首

作者手书本诗跋语道:"崇宁之元(1102)正月二十三日,夜发荆州。二十六日至巴陵,数日阴雨不可出。二月朔旦,独上岳阳楼,太守杨器之、监郡黄彦并来,率同游君山。"作者从艰难"万死"到侥幸"生出",从逼窄的"瞿塘滟滪关"到宽阔浩淼的洞庭湖,从"投荒""鬼门关外",到即将重见江南西道的故乡,那欣喜激动之情可以想见。第一首就表现这种感情。

其一

投荒万死鬓毛斑①,生出瞿塘滟滪关②。
未到江南先一笑③,岳阳楼上对君山④。

---

① 投荒:贬逐荒僻之地。柳宗元诗:"万死投荒十二年。" ② 生出:活着走出。瞿塘:长江三峡最高最险的一峡,在重庆奉节。滟滪:滟滪堆,瞿塘峡的一个险滩,俗称燕窝石,其险无比。 ③ 江南:代指故乡,黄庭坚家乡修水属江南西道。 ④ 岳阳楼:岳阳城西门城楼,门对洞庭湖水,与湖中的君山遥遥相望,为观赏湖山风光的极好处所。

翻译

投送边荒经历万死鬓发已斑，

如今活着走出瞿塘峡、滟滪关。

还未到达江南先自一笑，

我已站在岳阳楼上望着君山。

其二

满川风雨独凭栏，绾结湘娥十二鬟①。

可惜不当湖水面，银山堆里看青山②。

① 绾（wǎn）：挽系在一起。湘娥：舜的二妃娥皇、女英，相传她们游处于洞庭中的君山。十二鬟：君山有十二小峰，像十二个小螺髻。
② 银山：指波浪堆。青山：指君山。刘禹锡诗："遥望洞庭山水翠，白银盘里一青螺。"

翻译

满江的风雨独自倚栏，

君山各峰挽成湘夫人的十二髻鬟。

可惜我不能面对湖水，

在银山堆里看青翠的君山。

题胡逸老致虚庵

崇宁元年(1102),作者由湘返赣,途中经过胡逸老的住处,题诗相赠。胡逸老,生平不详,从诗意和书斋的命名看,是一位雅有山水之趣的高逸之士,保持心灵高洁。致虚庵是他的书房。本诗通过写书房的清幽环境衬托出胡逸老的娴雅清淑性格,实际上也展示了诗人自己澄明的心襟。

藏书万卷可教子, 遗金满籯常作灾①。
能与贫人共年谷, 必有明月生蚌胎②。
山随宴坐画图出③, 水作夜窗风雨来。
观水观山皆得妙, 更将何物污灵台④。

① 籯(yíng):竹箱。作:兴起,成为。《汉书·韦贤传》:"遗子黄金满籯,不如一经。" ② 明月:指珍珠。明珠出于老蚌,比喻佳子弟出于门庭。孔融赞韦端的两个儿子是"不意双珠,近出老蚌"(见《三国志·荀彧传》)。 ③ 宴坐:闲坐。 ④ 灵台:心。

翻译

藏书万卷可用以教子弟,
留金满箱往往成为祸灾。
能与贫人共享年谷,
定有明珠生长在蚌胎。
山景随着宴坐如画图呈现,
水声透过夜窗像风雨传来。
观山观水都能领略妙趣,
还有什么能污染灵台。

新喻道中寄元明用觞字韵

作者回赣后,于四月前往萍乡探望长兄黄大临(字元明),当时元明为萍乡县令。留住十五日别去,取道筠州(今江西高安)赴江州(今江西九江),与家人相会。山谷兄弟情笃,此番东归,自然急着与其兄相聚。本诗写得真纯质朴,尽是家常话,有叹,有叙,有嘱望,有回忆,起伏腾挪,情挚切,意缠绵,化用典故,如水中着盐,不烦绳削,而自有深意蕴蓄其中。

中年畏病不举酒,　孤负东来数百觞①。
唤客煎茶山店远,　看人获稻午风凉。
但知家里俱无恙②,　不用书来细作行。
一百八盘携手上③,　至今犹梦绕羊肠!

---

① 孤负:同"辜负"。东来:东归以来。觞:酒杯。　② 无恙:无病无灾。　③ 一百八盘:由峡州至黔州途中的高山险境之一,山路盘绕,层叠诘曲而上,攀越艰难。黄大临曾亲送黄庭坚至此处,故下句有"至今犹梦"云云。

翻译

中年怕生病不敢再饮酒,
辜负了东归以来的几百觞。
招呼旅客煎茶的山店远,
看人家收割禾稻午风凉。
只要知道家中都平安无恙,
就不用寄信来细写一行行。
一百八盘携手登上,
至今还梦绕那小道羊肠。

湖口人李正臣蓄异石九峰①,东坡先生名曰"壶中九华②",并为作诗。后八年自海外归湖口③,石已为好事者所取,乃和前篇以为笑,实建中靖国元年四月十六日。明年,当崇宁之元年五月二十日,庭坚系舟湖口,李正臣持此诗来④,石既不可复见,东坡亦下世矣,感叹不足,因次前韵

从诗题可知,这是按苏轼两首关于"壶中九华"诗的韵脚写的和诗。诗中无一字不是言石,又无一语不是喻人。首联明言石为好事者取去,暗喻怀瑾握瑜的东坡在颠沛流离中离开了人间。颔联感叹石陈列华屋供人赏玩,不如零落在云山诸石之中,暗喻东坡一度入朝,备受打击,还不如托身山野,精神上更自由。颈联说异石已失,还璧无方,暗喻东坡辞世,百身莫赎。尾联说奇石虽不存在,石钟山却依然壁立千仞,以椎击之,回声铿然不变,实际说东坡虽然作古,但他的诗文作品,千年万载发出金石之声。明写异石得失,暗喻故人遭际,构思奇巧,

感情深厚,结以旷达洒脱之语,寓无限生死之悲,把自己内心的怅恨和郁积,在跳荡的诗句中委婉地表达了出来。

① 蓄:收藏,保存。异石九峰:有九个峰头的奇石。　② 壶中:传说神仙壶公腰悬一壶,变化为天地,中有日月山川,与人世同。九华:山名,山有九峰,状如莲花,李白呼之为九华山。"壶中九华"诗见《苏轼诗集》卷三十八。　③"后八年"句:指建中靖国元年苏轼遇赦自海南岛北归,重经湖口。　④ 此诗:指苏轼第二次写的关于异石的诗,今见《苏轼诗集》卷四十五。

有人夜半持山去①,　顿觉浮岚暖翠空②。
试问安排华屋处,　何如零落乱云中③!
能回赵璧人安在④?　已入南柯梦不通⑤。
赖有霜钟难席卷⑥,　袖椎来听响玲珑⑦。

---

① 夜半持山去:指奇石为好事者取去。语出《庄子·大宗师》:"藏舟于壑,藏山于泽,谓之固矣,然而夜半有力者负之而去。"　② 岚:山气。翠:山色。　③"试问"二句:活用曹植《箜篌引》"生存华屋处,零落归山丘"语。华屋:豪华的居室,借指苏轼曾入朝为翰林学士,知制诰,充侍读。结果连遭贬逐,倒不如零落归隐。　④ 回赵璧:《史记·廉颇蔺相如列传》载,秦昭王诈称以十五城易赵国的和氏璧,赵文王左右为难。蔺相如奉璧使秦,在秦廷折服昭王,终得完璧

归赵。 ⑤南柯梦:出李公佐《南柯太守传》,喻富贵无常。这里"梦不通",指人死难复生。 ⑥霜钟:指石钟山,下多石穴,风水相激,声如洪钟。 ⑦袖椎:衣袖里带着敲石作响的木槌。这是李渤《辨石钟山记》的说法。

翻译

有人在半夜里把山挟持去,
顿时觉得浮岚暖翠一卷而空。
试问把奇石陈列在华屋里,
哪比得任其零落在乱云中!
能返回赵璧的人而今安在?
已经进入了南柯梦自不通!
幸而此地有石钟山不会被人席卷,
袖着椎子来听它响声玲珑。

题李亮功戴嵩牛图

  这是一首题画诗,由瘦牛发意,不但表现了山谷晚年疲累、恬退的心情,也折射出令人颤栗的黑暗政局。血肉之躯供人驱使,筋力被人挤榨殆尽,落得瘦骨嶙峋,还要开垦荒田。戴嵩,唐代画家。李公寅,字亮功,藏有戴嵩的牛图。

韩生画肥马①,　立仗有辉光②。
戴老作瘦牛③,　平田千顷荒④。
觳觫告主人⑤:　"实已尽筋力。
乞我一牧童,　林间听横笛。"

---

① 韩生:指唐代名画家韩干,喜画肥马。　② 仗:仪仗。　③ 戴老:戴嵩,善画牛,虽有"韩马戴牛"之誉,但年辈晚于韩干。诗人却以画肥马者为"生",以画瘦牛者为"老",用字有讲究,宜予体味。　④ "平田"句:意思是开垦千顷荒地。　⑤ 觳觫(hú sù):恐惧发抖的样子。

翻译

韩生能画肥马,
站在仪仗里显得辉光。
戴老善画瘦牛,
翻耕过千顷土荒。
老牛恐惧颤栗地哀告主人:
"我实在是耗尽了筋力。
请派个牧童,
让我在林子里听吹横笛。"

题李亮功戴嵩牛图

武昌松风阁

作者于崇宁元年(1102)五月到江州,过湖口,六月领太平州事,九日而罢。欲往荆南谋居,八月复过江州,九月到鄂州(今武汉市武昌),滞留于此,过了年。本诗是去鄂州途中经湖北鄂城时作。松风阁在鄂城西山九曲岭上西山寺中。鄂城与黄州隔江相对。苏轼贬黄州时,因西山山水佳胜,常渡江来游,曾在九曲岭重修九曲亭,并有记游诗多篇。山谷过此时,苏轼已死;张耒再谪黄州,尚未到贬所。全诗三段,首段七句,叙述阁依山临壑,古木森列,松风入耳,足以涤荡尘虑,诗人取下这个适意的阁名。次段八句,叙游阁野筵和自夜至晓景象。雨后流泉潺湲,山色辉光,炊烟袅袅,极为妍丽。二三子买酒同醉,自有忘忧之用。尾段六句,因睹景而思人,改描写为抒情。逝者已矣,贬者未到,心曲无可倾诉,怅惘引出叹息。此诗为柏梁体,句句用韵,一韵到底。

依山筑阁见平川①,夜阑箕斗插屋椽②,我来名之意适然。 老松魁梧数百年③,斧斤所赦今参天④。 风鸣娲皇五十弦⑤,洗耳不须菩萨泉⑥。 嘉

二三子甚好贤⑦,力贫买酒醉此筵⑧。夜雨鸣廊到晓悬,相看不归卧僧毡。泉枯石燥复潺湲⑨,山川光辉为我妍。野僧旱饥不能馇⑩,晓见寒溪有炊烟。东坡道人已沉泉,张侯何时到眼前⑪。钓台惊涛可昼眠⑫,怡亭看篆蛟龙缠⑬。安得此身脱拘挛⑭,舟载诸友长周旋⑮!

---

① 山:指樊山。平川:平野。　② 箕:星座名,有星四颗。二十八宿之一。斗:北斗七星。插屋椽(chuán):夜深,箕星北斗斜垂,好像插入了屋椽。椽:屋顶一根根的木条,供盖瓦用。　③ 魁梧:高大。　④ 赦:免罪,此指免于斧斤砍伐。　⑤ 娲皇:女娲氏,相传为三皇之一的伏羲氏的妻子,伏羲最初制作五十弦的瑟。　⑥ 洗耳:瑟奏出的乐音很美,足以洗净听惯了杂音的耳朵。菩萨泉:泉水名,在当地的西山寺中。　⑦ 嘉:嘉许,称赞。　⑧ 力贫:这里指财力不充。　⑨ 复潺湲(chán yuán):这里是说雨后重见细流涓涓。　⑩ 旱:一本作"早"。馇(zhān):稠粥,用作动词,煮粥。　⑪ 张侯:张耒,苏门学士之一。苏轼死后,他有悼念之举,被告发,贬房州别驾,黄州安置。此刻尚未到达江对岸的黄州,故云"何时到眼前"。　⑫ 钓台:在城北江边,故可闻"惊涛",孙权曾在此大宴群臣,为鄂城古迹之一。　⑬ 怡亭:亭在江心岛上,中有《怡亭铭》,唐裴虬撰文,李阳冰书篆。蛟龙:形容篆书笔势蟠屈。　⑭ 拘挛(luán):这里指世事的羁束、牵扯。　⑮ 周旋:这里指朋友间的交

游、往还。

翻译

靠着樊山筑起高阁俯瞰平川,
夜深时分箕宿斗宿好像插入屋椽,
我来给这阁取名意态适然。
老松树高大已生长了几百年,
被刀斧赦免如今高可参天。
风过松林弹奏出女娲瑟上的五十弦,
洗耳不须来到菩萨泉。
你们几位很好贤值得夸赞,
财力不充还买酒共醉此筵。
夜雨在走廊作响天亮还挂在檐前,
相看不回在庙里躺卧僧毡。
泉枯石燥雨后又见溪流潺湲,
山川光辉为我媚妍。
野寺僧人因为天旱连稀饭都不能煮,
清早看见寒溪上升起了炊烟。
东坡道人已沉埋在黄泉,
张侯不知何时来到我眼前。
钓台的涛声可伴人昼眠,

怡亭的篆书如蛟龙绞缠。
怎能使此身摆脱尘俗的拘挛，
小船载着诸位友人长久周旋！

武昌松风阁

鄂州南楼书事四首（选一）

本诗作于崇宁二年（1103）夏天，作者在鄂州。南楼在武昌黄鹄山上，襟东湖，带长江，风景佳胜。本诗写夏夜登楼所见所感。月明风清，照出"山光接水光"，吹送"十里芰荷香"，这些构成楼内外的清凉之境，令人感觉愉悦自在。

四顾山光接水光，　凭栏十里芰荷香①。
清风明月无人管②，并作南楼一味凉③。

---

① 芰荷（jì hé）：出水荷叶。　② 无人管：无处不在，可以尽情享受；自由自在，无拘无束。　③ 一味凉：一剂凉药。指清风明月、山光水光、十里荷香等景物合起来配搭成一剂凉药，令人清爽凉快。

翻译

四面眺望山光接着水光，
凭栏俯览十里荷花飘香。
清风明月并没有人管束，
一并化作南楼的一剂清凉。

寄贺方回

贺铸，字方回，北宋后期词人。虽未列入苏门学士，词作却深受苏轼影响，合豪放、婉约于一炉，为黄庭坚、张耒等激赏。这首绝句赞美贺铸，同时借以寄托怀旧的情绪。

少游醉卧古藤下①，谁与愁眉唱一杯？
解作江南断肠句②，只今唯有贺方回！

---

①"少游"句：秦观，字少游，曾于梦中作《好事近》词，有云"醉卧古藤花下，杳不知南北"。后至藤州（今广西藤县）而死。人们认为这是诗谶。这里指秦观逝世。　②解作：能够写出。江南断肠句：贺铸伤春怨的名作《青玉案》，下半阕道："碧云冉冉蘅皋暮，彩笔新题断肠句。试问闲愁都几许？一川烟草，满城飞絮，梅子黄时雨。"这里不是单指此词，而是泛指能写江南风物，令人断肠的优秀词作。

翻译

秦少游醉倒在那古藤花下，

还有谁紧敛愁眉在吟咏中再饮一杯?
能够写出江南肠断的好句,
如今只剩下了贺方回!

十二月十九日，夜中发鄂渚，晚泊汉阳，亲旧携酒追送，聊为短句

崇宁二年(1103)，作者闲置鄂州。转运判官陈举挟嫌报复，又秉承执政赵挺之的意旨，摘取作者在荆州写的《承天院塔记》中的话，诬以"幸灾谤国"罪，将作者除名，编隶宜州(今广西河池市宜山区)。十二月十九日，时当严冬，被迫立即上路。邻里亲旧追来送行，作者感而作此诗。前四句叙事，中有愤慨。五六句写亲旧追送，"杯盘泻浊清"，五字见戚友的深情(包含同情)。末两句是答谢辞，语意凄恻，真切朴实，撼人心府。

接淅报官府①，　敢违王事程②？
宵征江夏县③，　睡起汉阳城④。
邻里烦追送，　杯盘泻浊清⑤。
只应瘴乡老⑥，　难答故人情。

① 接淅：正在淘米的时候以手承水取米而行，意思是等不得把米煮熟成饭，火急上路。　② 敢：岂敢。程：期限。　③ 宵：夜里。征：出发，启程。江夏县：这里应是指武昌。　④ 汉阳城：在汉水的西南

岸。　⑤浊清：浊酒和清酒。　⑥瘴乡：南方瘴疠之地，易使人致病，这里指宜州。老：终老，到老死去。

翻译

等不得煮饭就得向官府报到，
岂敢违王事规定的期程？
连夜乘船从江夏县出发，
一觉醒来已到汉阳城。
麻烦乡里邻居赶来送行，
倒在杯盘里的酒有浊有清。
我只该在蛮瘴之乡老死，
难得再有机会报答故人深情。

书摩崖碑后

崇宁三年(1104)春初,作者渡洞庭,经潭州、衡州、永州,继续向宜阳行进。在永州,游览了浯溪岸边山崖上的著名石刻《大唐中兴颂》碑。作者是书法家,早已见过这块名碑的拓本,亲睹磨崖碑则是初次,而且年届老苍。所以诗中从仰慕磨刻真迹写起,一直写到唐代中兴的实际,借古慨今。开头四句交代登临观碑的背景,引出诗情的抒发。中间十六句联系碑文咏叹安史之乱和乱后政局,评议了唐玄宗失政,酿出安史之乱;唐肃宗急不可耐抓到皇位,导致大权旁落,国势一蹶难振。诗人不能自已地流露了对走向没落的北宋王朝的忧心。这种忧心正和"臣结舂陵二三策,臣甫低头杜鹃诗"相通,所以笔下也带有"忠臣痛至骨"的深情。末四句补叙同游者,再写自己伫立怅惘的情态。"洗前朝悲",不是偶发思古幽情,替唐朝担忧,而是希望北宋统治者不蹈前朝覆辙。谋篇布局的平中见奇,感情色彩的淡中寓浓,寓意运思的曲中求深,语言锤炼得炉火纯青,以及以叹代叙,夹叙夹议,议中见情等等,都是本诗突出的特点。

春风吹船著浯溪①,扶藜上读《中兴碑》②。

平生半世看墨本③,摩挲石刻鬓成丝④。明皇不作苞桑计⑤,颠倒四海由禄儿⑥。九庙不守乘舆西⑦,万官已作乌择栖⑧。抚军监国太子事⑨,何乃趣取大物为⑩?"事有至难"天幸尔⑪,上皇蹐蹐还京师⑫。内间张后色可否⑬,外间李父颐指挥⑭。南内凄凉几苟活⑮,高将军去事尤危⑯。臣结《舂陵》二三策⑰,臣甫低头《杜鹃》诗⑱。安知忠臣痛至骨,世上但赏琼琚词⑲。同来野僧六七辈⑳,亦有文士相追随㉑。断崖苍藓对立久㉒,涷雨为洗前朝悲㉓。

---

① 著:同"着",停泊的意思。浯(wú)溪:在湖南祁阳县。 ② 扶藜:拄着藜杖。《中兴碑》:即《大唐中兴颂》碑,元结于肃宗上元二年(761)撰颂文,十年后,颜真卿书写碑文刻石。 ③ 墨本:墨拓的碑刻印本。 ④ 摩挲(suō):以手抚摩。 ⑤ 明皇:唐玄宗。不作苞桑计:不作巩固国本之谋。《易·否卦·九五》:"其亡其亡,系于苞桑。"意思是心中想到国家将亡,居安能思危,就像把东西系在了桑树根上一样牢靠。 ⑥ "颠倒"句:指安禄山造成四海播乱。 ⑦ 九庙:本指皇家祖庙,亦代指国家政权。乘舆:皇帝的车驾。西:指唐玄宗出逃到西蜀。 ⑧ 乌择栖:指万官在祸乱临头时,像乌鸦惊散,各寻栖息之所,纷纷投靠新主子。 ⑨ 抚军监国:出《左传》:"太子君行则守,有守则从,从曰抚军,守曰监国。"君王出京都,太子

应留守,监理国事;如有代管国事的留守者,太子就应随君王出行,统率军队。前者叫"监国",后者叫"抚军",这本是太子的分内事,可李亨(肃宗名亨)当时是太子,却急着篡权。 ⑩ 趣(cù):急促,匆忙。大物:皇位。 ⑪ 事有至难:此为元结《中兴颂》的话,意谓平乱极为困难。天幸尔:意思是说祸乱平定只是天保佑,侥幸实现,肃宗并没有什么功劳。 ⑫ 上皇:指唐玄宗。肃宗即位后,称玄宗为太上皇。踽踽(jú jí):恐惧小心的样子。肃宗请上皇还长安,玄宗先是不肯出蜀,后虽出蜀,一直是心怀不安。这里写出实情,与元结颂中的"宗庙再安,二圣重欢"不一样。 ⑬ 内间:宫里。张后,肃宗的妻子,与宦官李辅国勾结,牵制肃宗。色可否:肃宗看他的颜色行事。

⑭ 李父:指太监头子李辅国。颐指挥:不需说话,只须动脸颊,即可指挥和驱使他人,形容他权倾朝野。 ⑮ 南内:宫城南面的兴庆宫。玄宗自蜀还京,初住兴庆宫内,景况就难堪。几:接近。苟活:苟且偷生。 ⑯ 高将军:高力士,玄宗倚重的宦官,曾任骠骑大将军。这句说李辅国等怕玄宗在南内谋复辟,迫玄宗迁居更凄凉的西宫加以软禁,并放逐高力士,使玄宗失去心腹,处境"尤危"。 ⑰ "臣结"句:元结,前面加"臣"字,一是上表进疏自称;二是点明元结任道州刺史时,几次上表,反映社会积弊、民生疾苦,提出对策,又写有古诗《舂陵行》,揭露官府横征暴敛。 ⑱ "臣甫"句:一作"臣甫《杜鹃》再拜诗"。杜甫有《杜鹃行》《杜鹃》等诗,以杜鹃为古帝王之魂,伤心帝王失位而"身羁孤",自己则诚恳地低头拜杜鹃。 ⑲ "安知"二句:是说世人只知欣赏他们诗文文词之美,而忽视了作者沉痛至骨的忧国忧民之心。 ⑳ 六七辈:六七人。 ㉑ 文士相追随:黄䇝《山谷先生年谱》载:"先生有真迹石刻题云:崇宁三年己卯(按为

三月六日),风雨中来泊浯溪。进士陶豫、李格、僧伯新、道尊,同至《中兴》崖下。明日,居士蒋大年、石君豫,太医成权及其侄逸、僧守能、志观、德清、义明、崇广俱来。又明日,萧褒及其弟襃来。"连游数日,除僧人外,文士随游者也不少。　㉒苍藓:指崖壁上的绿苔。

㉓涷雨:暴雨。涷,读 dōng,与"冻"字不同。前朝悲:对前朝由盛而衰一蹶不振的悲思。

翻译

春风吹船停靠在浯溪,
拉藜登岸读《中兴颂》碑。
大半生里我只是看墨本,
此刻抚摩石刻两鬓已成丝。
唐明皇不考虑苞桑计,
颠倒四海一味听任那禄儿。
九庙失陷乘舆向西出逃,
万官已经像乌鸦各自择木而栖。
抚军监国都是太子的事情,
他却匆忙攫取皇位意欲何为?
局势至难真是凭天幸挽转,
太上皇踽踽不安地回到京师。
宫里要看张后的脸色可否,
宫外则由李辅国颐指气使。

在南内凄凉有如苟活，
高将军被驱逐处境更孤危。
臣结在舂陵献上二三策，
臣甫低头写下杜鹃诗。
世人哪能理解忠臣痛至骨，
只知道欣赏他们的琼琚词。
此刻同来的有野寺山僧六七辈，
也有一群文士相追随。
面对断崖苍苔久久伫立，
一阵暴雨似乎冲洗着前朝的悲凄。

宜阳别元明用觞字韵

崇宁三年（1104）夏天，作者辗转到达僻远的宜州。十二月二十七日，长兄元明赶来探望，同在宜州度岁。崇宁四年正月六日，山谷在十八里津饯别元明，写下本诗。他们兄弟都不知道这是最后一次分手，但作者在宜州生活备受折磨，身体已遭摧残，所以写诗时似乎有一种不祥的预感，在黯淡愁惨的氛围中祝愿长寿，怀旧思乡，表现了"鸟之将死，其鸣也哀"的情绪，几乎将一首送别诗写成了悲怆的诀别歌。末联不直写离别的悲哀，只说"别夜不眠"，更加耐人寻味。

霜须八十期同老，　酌我仙人九酝觞①。
明月湾头松老大，　永思堂下草荒凉②。
千林风雨莺求友③，万里云天雁断行④。
别夜不眠听鼠啮⑤，非关春茗搅枯肠⑥。

① "霜须"二句：作者自注云："术者言吾兄弟皆寿八十，近得重酝法甚妙。""术者"是以看相、算命为职业的人。"重酝法"是双蒸酿酒法。九酝：多次发酵、蒸酿而成的美酒。期望兄弟长寿，同酌仙人美

酒,表面是一种乐观的追求,实则是不可得的预期,含有感怆。　②明月湾、永思堂:都在修水双井村作者祖坟附近。　③"千林"句:任渊解此句:"言鸟犹求友,而我独与兄别。"　④雁行:古人常用以喻兄弟。雁断行:比喻兄弟分离。　⑤啮(niè):用前齿咬东西。　⑥春茗:春天摘的嫩茶。搅:翻动。任渊注:"别绪难为情,自不能寐,非以茗椀(碗)破睡也。"

翻译

多期望享寿八十鬓须如霜,
共同斟饮仙人的九酝觞。
明月湾头松树老大,
永思堂下野草荒凉。
千林风雨黄莺呼唤朋友,
万里云天大雁不能成行。
别夜无眠总听到鼠啮声声,
并不是春茶在搅动枯肠。

宜阳别元明用觞字韵

文

与王观复书

　　这是元符三年(1100)作者在戎州给友人王观复的一封回信。王观复,名蕃,当时正在阆州做官,多次写信并寄诗向作者请教。信中指出王诗的缺点是语言生硬难读,有的词不逮意。认为关键的原因是读书未精未博,所以纠正上述毛病的途径就是取法于古人。信中引谚语说明读书要博,但是博了又容易犯"好作奇语"的毛病,因此提出:文章要"以理为主,理得而辞顺"。以杜甫夔州以后的诗和韩愈自潮州贬所返朝后的文章为典范,指出它们都是不烦绳削而自然合于法度的。

　　庭坚顿首启:蒲元礼来,辱书勤恳千万①。知在官虽劳勩②,无日不勤翰墨,何慰如之!即日初夏,便有暑气,不审起居何如③?

　　所送新诗,皆兴寄高远,但语生硬,不谐律吕④,或词气不逮初造意时。此病亦只是读书未精博耳。"长袖善舞,多钱善贾"⑤,不虚语也。南阳刘勰尝论文章之难云:"意翻空而易奇,文征实而难工。"⑥此语亦是。沈谢辈为儒林宗主⑦,

时好作奇语，故后生立论如此⑧。 好作奇语，自是文章病。 但当以理为主，理得而辞顺，文章自然出群拔萃。 观杜子美到夔州后诗⑨、韩退之自潮州还朝后文章⑩，皆不烦绳削而自合矣⑪。

往年尝请问东坡先生作文章之法，东坡云："但熟读《礼记·檀弓》，当得之。"既而取《檀弓》二篇读数百过，然后知后世作文章不及古人之病，如观日月也。 文章盖自建安以来好作奇语⑫，故其气象衰苶⑬，其病至今犹在。 唯陈伯玉、韩退之、李习之，近世欧阳永叔、王介甫、苏子瞻、秦少游，乃无此病耳⑭。

公所论杜子美诗亦未极其趣⑮，试更深思之。 若入蜀下峡年月，则诗中自可见。 其曰"九钻巴巽火，三蛰楚祠雷"⑯，则往来两川九年⑰，在夔府三年可知也。 恐更须改定，乃可入石⑱。

适多病少安之余，宾客妄谓不肖有东归之期⑲，日日到门，疲于应接。 蒲元礼来告行，草草具此。 世俗寒温礼数，非公所望于不肖者，故皆略之。 三月二十四日。

① 蒲元礼：成都人。黄庭坚在当叶县尉时，二人就有交往。此次与庭坚在戎州会面，捎来了王观复的信。顿首启、辱书：旧时书信的客套语，表示谦虚和对对方的尊敬。　② 勩（yì）：劳苦。　③ 审：知道。　④ 律吕：古代用竹管等制成的校正乐律的器具，以管的长短来确定音的不同高度。成奇数的六个管叫律，为黄钟、太簇、姑洗、蕤宾、夷则、无射。成偶数的六个管叫吕，为大吕、夹钟、中吕、林钟、南吕、应钟。　⑤ "长袖"二句：见于《韩非子·五蠹》。　⑥ "意翻"二句：见于刘勰《文心雕龙·神思》，其中"工"字原文作"巧"。⑦ 沈谢：指南朝齐梁间的沈约和谢朓，当时称为文坛宗匠。　⑧ 后生：指刘勰，他生活年代晚于上述诸人，故根据当时文坛"好奇"的情况，有了《神思》篇"翻空出奇"的议论。　⑨ 杜子美：杜甫，字子美。到夔州后：指杜甫晚年漂泊西南时期。　⑩ 韩退之：韩愈，字退之。自潮州还：元和十四年，韩愈因谏迎佛骨贬潮州。次年，召拜国子祭酒。　⑪ 绳：木工用的墨线。绳削：依照一定准绳进行删改。⑫ 建安：东汉献帝年号（196—220），即曹操当政时期，在文学发展史上，是以曹氏父子和建安七子为代表的一个重要时代。　⑬ 衰苶（nié）：衰疲，萎靡。　⑭ 陈伯玉：陈子昂，字伯玉。李习之：韩愈门人李翱，字习之。欧阳永叔：欧阳修，字永叔。王介甫：王安石，字介甫。苏子瞻：苏轼，字子瞻。秦少游：秦观，字少游。　⑮ 极：穷尽。趣：归趋，旨趣。　⑯ "九钻"二句，出于杜甫《秋日荆南述怀三十韵》诗。远古钻木取火，因四季不同而改用不同的木材，春用榆柳，夏用枣杏，季夏用桑柘，秋用柞楢，冬用槐檀。后来每年仅在寒食节后一

与王观复书

193

天钻火,所以九次钻火即指过了九年。巴指东汉栾巴,据说成都有一次失火,栾巴喷酒为雨灭火。巽(xùn):通"噀",喷。杜诗此处即暗用这一典故,其中因与成都有关,故用以兼指四川。蛰雷:《礼记·月令》:"八月雷乃收声。"昆虫开始不叫。三蛰雷:指经过三年。楚祠:指传说在巫山上的楚王宫。杜甫这两句诗是说自己在四川生活了九年,在夔州一带过了三年。 ⑰ 两川:唐代曾分剑南节度使为剑南东川、剑南西川两节度使,于是有两川之称。 ⑱ 入石:镌刻于石上。 ⑲ 不肖:作者谦称自己。黄庭坚写此信是三月,这年正月,徽宗即位,向太后听政,旧党一派的势力抬头,所以人们都猜测有些人将被起用,宾客们便都来说庭坚可能东归回朝。五月,得到被起复为宣德郎、监鄂州酒税的通知,证实了宾客们的传闻。

翻译

庭坚叩首陈述:蒲元礼来,捎来了您的信,万分殷勤恳挚。知道您在公务上虽然辛苦劳累,但没有一日不勤于写作,真欣慰。现在是初夏,天气就有些暑热,未知您起居如何?

送来的新诗,都寄意高远,只是语言生硬,不合声律,有的没有把最初构思时的意思充分表达出来。这种毛病,也只是读书未精未博罢了。"长袖善舞,多钱善贾",这不是空话。南阳人刘勰曾经论述文章的艰难:"立意是凭空翻新,容易出奇;文辞却要求实证,很难工巧。"这话也说得对。沈约、谢朓等人是儒林的领袖人物,喜欢用新奇辞语,所以刘勰才有这样的议论。喜欢用新奇辞语,当然是文章的毛病。只应当以理为主,理掌握了而且辞语顺畅,文章自然出类拔萃。看杜甫夔州以后的诗、韩愈从潮州回朝以后的文章,都是不用删改而自然合乎法度的。

前些年我曾请教东坡先生作文章的方法,东坡说:"只须熟读《礼记·檀弓》,便可领会。"不久,我就拿来《檀弓》上下两篇读了数百遍,然后对后人写文章不如古人的毛病,清楚得像日月一样了。文章大约从建安时代以来就喜用新奇辞语,所以它的气象衰弱,这毛病直到如今还存在。只有陈子昂、韩愈、李翱和近代的欧阳修、王安石、苏轼、秦观,才没有这毛病。

您对于杜甫诗的论述也没有透彻理解它的意趣,试再深入思考。至于入蜀和出三峡的年月,在诗中就可看到。杜甫说"九钻巴巽火,三蛰楚祠雷",就可知道他在两川往来九年,在夔州住了三年。恐怕还需改定后,才可刻石。

恰好在我多病欠安的时候,宾客猜测我就要东归,天天到我家门,使我疲于应酬接待。蒲元礼来向我辞行,我草草写了此信。世俗间的寒暄礼节,这不是您所企望于我的,就都略去了。三月二十四日。

答洪驹父书

这是黄庭坚写给外甥洪刍的一封信。洪刍,字驹父,豫章(今江西南昌市)人,与兄朋、弟炎、羽并有才名,号"四洪"。信中较为集中地反映了黄庭坚的诗歌创作理论。作者批评驹父读书少,缺少古人绳墨。把多读书、学习前人法度作为学诗的入门。指出"自作语最难",要"无一字无来处"和"点铁成金"。这成为江西诗派理论的一个重要方面。对于作品的思想内容,他要求"凡作一文皆须有宗有趣"。认为守绳墨与不守绳墨有个发展变化过程。守绳墨是作诗的入门,不守绳墨是作诗之极致,由有法到无法,无往而非法,是作者在创作上经过刻苦努力、长期追求而达到的一种境界。

驹父外甥教授①:别来三岁②,未尝不思念。闲居绝不与人事相接,故不能作书,虽晋城亦未曾作书也③。 专人来,得手书,审在官不废讲学④,眠食安胜⑤,诸稚子长茂,慰喜无量。

寄诗语意老重,数过读,不能去手,继以叹息,少加意读书,古人不难到也。 诸文亦皆好,但少古人绳墨耳⑥,可更熟读司马子长、韩退之文章⑦。

凡作一文,皆须有宗有趣,终始关键⑧,有开有阖。如四渎虽纳百川⑨,或汇而为广泽,汪洋千里,要自发源注海耳。

老夫绍圣以前⑩,不知作文章斧斤⑪,取旧所作读之,皆可笑。绍圣以后,始知作文章,但以老病懒惰,不能下笔也。外甥勉之,为我雪耻。

《骂犬文》虽雄奇,然不可作也。东坡文章妙天下,其短处在好骂。慎勿袭其轨也⑫。

甚恨不得相见,极论诗与文章之善病,临书不能万一,千万强学自爱,少饮酒为佳。

所寄《释权》一篇,词笔从横⑬,极见日新之效。更须治经,深其渊源,乃可到古人耳。《青琐祭文》,语意甚工,但用字时有未安处。自作语最难。老杜作诗,退之作文,无一字无来处,盖后人读书少,故谓韩、杜自作此语耳。古之能为文章者,真能陶冶万物,虽取古人之陈言入于翰墨,如灵丹一粒,点铁成金也。

文章最为儒者末事,然索学之⑭,又不可不知其曲折⑮,幸熟思之。至于推之使高,如泰山之崇

答洪驹父书

崛,如垂天之云⑯;作之使雄壮,如沧江八月之涛⑰,海运吞舟之鱼⑱,又不可守绳墨,令俭陋也。

---

① 教授:学官名。宋时州、县置教授,用经学行义教导诸生,并掌管考试。　② 别来三岁:指从宋徽宗建中靖国元年(1101)至写信时的崇宁二年(1103)的三年,当时黄庭坚在鄂州(今湖北武汉)。　③ 晋:进。　④ 审:知道。　⑤ 安胜:安好。　⑥ 绳墨:木工用的墨线,比喻规矩。　⑦ 司马子长:司马迁,字子长。　⑧ 关键:最紧要之处。　⑨ 四渎(dú):指长江、淮河、黄河、济水。《尔雅·释水》:"江、淮、河、济为四渎,四渎者,发源注海者也。"　⑩ 老夫:作者自称。绍圣:宋哲宗年号(1094—1098)。　⑪ 斧斤:喻作诗文的方法技巧。　⑫ 袭其轨:蹈其前辙。　⑬ 从横:同"纵横"。　⑭ 索学:应学。索:须,应。　⑮ 曲折:奥秘。　⑯ 垂天之云:挂在天上的云彩,比喻高大。《庄子·逍遥游》:"鹏之背,不知其几千里也,怒而飞,其翼若垂天之云。"　⑰ 沧江:泛指江水。江水呈青苍色,故名。　⑱ 吞舟之鱼:《庄子·庚桑楚》:"吞舟之鱼,砀而失水,则蚁能苦之。"鱼可吞舟,极言其大。

翻译

驹父外甥教授,分别三年以来,没有不思念的时候。我在闲居中绝对谢绝人事,所以不能写信,即使进城也不曾事先写信。

你派专人来,得到你的亲笔信,知你居官不废讲学,饮食起居安好,小孩子们也长得好,无限欣慰。

寄来的诗辞意老练稳重,读了几遍,不能释手,接着叹息,只要稍留意读书,古人境界是不难达到的。几篇文章也写得好,只是缺少古人规矩而已,可以再熟读司马迁、韩愈的文章。

大凡写作一篇文章,都必须有主旨有意趣,始终抓住关键,有开有阖。好比四渎,虽然容纳百川,有的汇合成为广大湖泽,汪洋千里,但总是从发源地流入大海。

我在绍圣以前,不知作文章的方法技巧,把过去写的文章拿出来读,都觉得可笑。绍圣以后,才懂得写文章,但因老病懒惰,不能下笔。外甥要勉励自己,为我雪耻。

《骂犬文》虽然雄奇,但不该写。苏东坡的文章妙绝天下,短处在于喜欢骂。你千万不要走他的老路。

非常遗憾,不能和你相见,透彻地讨论诗和文章的利病,信中不能涉及万分之一,千万力学自爱,少饮酒为好。

所寄《释权》一文,笔力纵横,极能显出日新月异之效果。再须攻读经典,深探其渊源,就可赶上古人了。《青琐祭文》,语意很精巧,但用字常有不妥帖处。自己创作辞语最难。杜甫写诗,韩愈作文,没有一个字没有来历。大概由于后人书读得少,所以认为韩、杜自己创作了这些辞语罢了。古代善于写文章的人,真能够陶冶万物,即使把古人的陈旧言辞用于文章,像有灵丹一粒,能点铁成金。

答洪驹父书

文章是儒者最不紧要的事情,但也应学,又不能不了解其中曲折,望深思熟虑。要使文章境界提高,如泰山那样崇崛,如挂在天上的云彩;使文章开阔雄壮,如沧江八月之涛,海运吞舟之鱼,又不可固守规矩,使之狭窄浅陋。

道臻师画墨竹序

这是黄庭坚的一篇画论。道臻,宋代僧人画家,善画墨竹。"师"是对僧人的尊称。在这篇序文中,黄庭坚首先勾勒了墨竹发展的线索:源出于唐代吴道子,宋代先有燕肃继武,后至文同而集大成,达到了墨竹发展的顶峰。接着以张旭草书类比文同写竹,从而总结出这样的结论:艺事成功的关键是内心的修养,心妙了,笔自然妙。最后,文章还指出:要想心妙,就应去参禅学佛,从佛禅之理中领悟养心的妙道。

墨竹出于近世,不知其所师承。初,吴道子作画①,超其师杨惠之②。于山川崖谷、远近形势、虎豹蛇龙至于虫蛾草木之四时,日月列星、风雨水火雷霆之神物,军陈战斗,斩馘奔北之象③,运笔作眷④,不加丹青⑤。已极形似。故世之精识博物之士多藏吴生墨本,至俗子乃炫丹青耳。意墨竹之师近出于此。

往时天章阁待制燕肃始作生竹⑥,超然免于流俗。近世集贤校理文同遂能极其变态⑦,其笔墨之运疑鬼神也。韩退之论张长史喜草书⑧,不治它技,所遇于世,存亡得丧,亡聊不平⑨,有动于心,必发于书;所观于物,千变万化,可喜可愕,必寓于书。故张之书不可端倪⑩,以此终其身而名后世。与可之于竹,殆犹张之于书也。嘉州石洞讲师道臻刻意尚行⑪,欲自振于溷浊之波,故以墨竹自名。然臻过与可之门而不入其室⑫,何也?夫吴生之超其师,得之于心也,故无不妙。张长史之不治它技,用智不分也⑬,故能入于神。夫心能不牵于外物,则其天守全。万物森然出于一镜,岂待含墨吮笔槃礴而后为之哉⑭?故余谓臻欲得妙于笔,当得妙于心。臻问心之妙,而余不能言。有师范道人出于成都六祖⑮,臻可持此往问之。

---

① 吴道子:唐代画家,曾任兖州瑕丘县尉,后浪迹洛阳。唐玄宗闻名,任为内教博士,在宫廷作画,后又在宁王府任职。乾元初(758)还在世。他擅长佛、道人物画,尤善壁画,远师南朝梁代画家张僧繇,近学张孝师。 ② 杨惠之:唐代雕塑家。先曾学画,也是远师南朝梁代画家。他因发现自己不如吴道子,就把笔砚焚毁,专攻塑像,成为唐代一位杰出的雕塑家。当时人们说:"道子画,惠之塑,夺得

僧繇神笔路。"这里说杨是吴道子之师,未知所据。　③陈:通"阵",军阵。聝(guó):古代战争中割掉敌人的左耳以计数献功叫斩聝。奔北:败逃。　④卷(juàn):通"卷",舒卷自如。　⑤丹青:红色和青色的颜料,可代指色彩画,乃至泛指一般绘画,下文的丹青系指色彩画。　⑥天章阁:北宋宫中藏书阁,设有待制、直学士、学士等官。燕肃:字穆之。宋真宗朝进士,曾做过龙图阁学士,故世人又称之为燕龙图。他是北宋著名画家,其山水画被认为有王维遗风。所画生竹,更是超迈脱俗。　⑦文同:字与可。仁宗皇祐年间进士,做过集贤院校理。当时有四绝之称:诗绝、楚词绝、草书绝、画绝。以画成就最高,尤以墨竹称名。影响所及,形成湖州竹派。集贤院:宋代史馆名。　⑧张长史:张旭,唐代书法家,以草书称圣。韩愈《送高闲上人序》以张旭草书为例,论述了他"不平则鸣"的观点,指出僧徒"一死生,解外胶,是其为人必泊然无所起,其于世必淡然无所嗜……则其于书,得无象乎"?黄庭坚引用了韩愈对张旭的介绍与分析,但最后引出的结论与韩愈不同。　⑨得丧:得失。亡聊:同"无聊"。　⑩端倪:用作动词,意思是推测事物的始末。　⑪讲师:讲解经籍的人。刻意尚行:刻止意欲而专心一意于高尚的行为。语出《庄子·刻意》。这里即指道臻苦心研究墨竹。　⑫"然臻"句:《论语·先进》载,孔子门人子路"升堂矣,未入于室",意思是说子路学习孔子学说达到了一定的水平,但还不到最高境地。这里用来说明道臻的墨竹水平距离文同尚远。　⑬用智不分:《庄子·达生》有"佝偻承蜩"寓言,说明了"用志不分,乃凝于神"的道理。此处暗用这个寓言。　⑭含墨吮笔:调好墨,舔湿笔,准备作画。槃礴(pán bó):伸开两腿像簸箕一样坐着,这是一种不拘礼法的坐法。据《庄

道臻师画墨竹序

子·田子方》说,宋元君曾约请画工作画,许多画工都早早来到,恭恭敬敬地站在一旁,很多人还排在外面,都在和墨舐笔准备作画。唯有一人姗姗来迟,他不但不挤进画工的行列,反而走到别的房间去。宋元君很奇怪,就派人去视看,发现他脱去衣服,赤身露体,像簸箕一样伸开两腿坐着在作画。元君说:"这人是一个真正懂画的人。" ⑮ 师范(1174—1249):字无准。九岁出家,后曾学法于咸杰、祖先。成都六祖:屡见于黄庭坚作品中,与庭坚有交往,为庭坚颇为崇仰的名僧。

翻译

　　墨竹出现于近世,其师承情况不清楚。当初,吴道子作画,超过他的老师杨惠之。对于山川崖谷、远近形势、虎豹蛇龙以至虫蛾草木等四时不同的风物,日月列星、风雨水火、雷霆霹雳的神物,军阵战斗、追杀奔逃之敌的形象,运笔施展自如,不施丹青,已经极其形似。所以世上见多识高之士多藏有吴生的墨本,至于庸夫俗子才会以丹青炫耀于人。我猜这就是画墨竹师法之所从出。

　　从前天章阁待制燕肃开始画生竹,风格超然免于流俗。近代集贤院校理文同则极尽竹的种种变态,运用笔墨时让人怀疑有鬼神相助。韩愈之论张旭喜好草书,就不再钻研别的技艺,凡世上遭遇,存亡得失,无聊不平,只要内心有所触动,就必定在草书中抒发;对于外物的观察,千变万化,遇见可喜可愕,必定在草书上有所寄托。所以张的草书不能找到来龙去脉,就这样以草书终其一生而名垂后世。文同对于画竹，恐怕就像张旭对于写字一样。嘉州石洞讲师道臻刻意尚行，要自拔于污浊之波，因此以墨竹自名。然而道臻过文同之门而不入其室，这是为什么呢？吴道子能超过他的老师，是从他自己内心领会到的，所以他作画没有不精妙的。而张旭不钻研其他技艺，用智不分，所以他的草书能进入神境。如果内心能不受外物的牵累，那么他的天赋就守全，万物森然地像在镜子里点出来一样，难道还要等到调好墨、舔湿笔，伸开两条腿像簸箕一样坐着之后才能画出来吗？所以我说道臻要想妙于用笔，就应当妙于用心。道臻问用心之妙，我不能讲清楚。有位师范道人出于成都六祖师门，道臻可以拿这个问题前去请教。

《小山词》序①

这是黄庭坚为晏几道的词集写的序言。小山是晏几道的号,用以名集。黄庭坚是从人和词两个方面评价晏几道的。文中指出,晏几道有"四痴",可见晏几道是一个富于个性特征、不随流俗的人,又是一个诚挚忠厚、不失赤子之心的人。因此,他的词"可谓狭邪之大雅,豪士之鼓吹。其合者《高唐》《洛神》之流,其下者岂减《桃叶》《团扇》",所以"清壮顿挫,能动摇人心"。有的人指责他的词会引导读者沉溺酒色,文中予以讽嘲挖苦。

① 光绪甲午本《山谷全书》卷十五作《〈小山集〉序》。

晏叔原①,临淄公之暮子也②。磊隗权奇③,疏于顾忌;文章翰墨,自立规模。常欲轩轾人④,而不受世之轻重。诸公虽爱之,而又以小谨望之,遂陆沉于下位⑤。平生潜心六艺⑥,玩思百家⑦,持论甚高,未尝以沽世。余尝怪而问焉,曰:"我槃跚勃窣⑧,犹获罪于诸公,愤而吐之,是唾人面也。"乃独嬉弄于乐府之余⑨,而寓以诗人之句法,清壮顿挫,能动摇人心。士大夫传

之，以为有临淄之风耳，罕能味其言也。余尝论叔原固人英也，其痴亦自绝人。爱叔原者，皆愠而问其目⑩，曰："仕宦连蹇⑪，而不能一傍贵人之门，是一痴也；论文自有体，而不肯一作新进士语，此又一痴也；费资千百万，家人寒饥，而面有孺子之色⑫，此又一痴也；人百负之而不恨，己信人，终不疑其欺己，此又一痴也。"乃共以为然。虽若此，至其乐府，可谓狭邪之《大雅》⑬，豪士之《鼓吹》⑭，其合者《高唐》⑮《洛神》之流⑯，其下者岂减《桃叶》⑰《团扇》⑱哉？

余少时间作乐府，以使酒玩世。道人法秀独罪余"以笔墨劝淫，于我法中当下犁舌之狱⑲"，特未见叔原之作耶？虽然，彼富贵得意，室有倩盼慧女⑳，而主人好文，必当市购千金，家求善本㉑，曰："独不得与叔原同时耶？"若乃妙年美士，近知酒色之娱；苦节臞儒㉒，晚悟裙裾之乐，鼓之舞之，使宴安酖毒而不悔㉓，是则叔原之罪也哉！

---

① 晏叔原：即晏几道。几道字叔原，号小山。　② 临淄公：即晏殊。

《小山词》序

暮子:小儿子。　③ 磊隗(wěi):光明磊落。权奇:特异不凡。　④ 轩轾:《诗·小雅·六月》:"戎车既安,如轩如轾。"车舆前高后低、前轻后重称轩;前低后高、前重后轻称轾。此处作动词用,谓评论别人的高下。　⑤ 陆沉:埋没。　⑥ 六艺:指《诗》《书》《礼》《乐》《易》《春秋》。　⑦ 百家:指先秦诸子。《汉书·艺文志》载,诸子有一百八十九家,以成数言,称为"百家"。　⑧ 槃跚:通"蹒跚",形容跛行。勃窣(sū):同"勃屑",匍匐而行。　⑨ 乐府之馀:填词的别称,认为填词是拟汉魏乐府诗发展而来的馀事。　⑩ 目:条目,指痴的具体表现。　⑪ 连蹇(jiǎn):困窘,不顺遂。　⑫ 孺子:童子。　⑬ 狭邪:即狭斜,小街曲巷,指青楼妓馆。《大雅》:《诗经·大雅》,喻意是最雅正的作品。　⑭ 《鼓吹》:指庙堂《鼓吹曲》,喻意是正规的宴乐。⑮ 《高唐》:赋名,战国时楚宋玉作,记楚襄王游云梦台馆,梦神女自称巫山女之事。　⑯ 《洛神》:赋名,三国魏曹植作。作者自序称此赋是"感宋玉对楚王神女之事"而作。　⑰ 《桃叶》:乐府吴声歌曲名。相传是东晋王献之为爱妾桃叶所作,盛行于南朝。　⑱ 《团扇》:乐府吴声歌曲名。《宋书·乐志·一》:"团扇歌者,中书令王珉与嫂婢有情,爱好甚笃。嫂捶挞婢过苦,婢素善歌,而珉好捉白团扇,故制此歌。"　⑲ 我法:指佛法。犁舌之狱:佛家语,是作口业(孽)者所堕的地狱。一说是拔舌狱。　⑳ 倩盼:美貌动人。㉑ 善本:指抄刻传播晏几道词的好本子。　㉒ 臞(qú)儒:瘦儒。㉓ 酖(dān)毒:以毒酒毒人。

翻译

晏叔原是临淄公晏殊的小儿子。磊落不凡,对于人事的顾忌不大注意,文章笔墨,自成一家。常常要评论别人的高下,而不管世人的议论。诸公虽然赞赏他,但又希望他能谨小慎微。于是,他被埋没在下僚。他一生专心六艺,玩味百家,持论很高,但不曾用。我曾感到奇怪而问,他说:"我跛足爬行,还是得罪于诸公。如果我把胸中的愤懑吐出来,等于把唾沫吐在别人脸上了。"于是嬉弄在乐府之余,运用了诗人的句法,清壮、顿挫,能打动人心。士大夫传播它,认为有临淄公的风格,很少能品味他说的话。我曾评论叔原本是人中精英,其痴也远过于人。喜爱叔原的人,都恼怒地问痴在什么地方,回答是:"仕途不顺,却一点不依傍贵人之门,这是一痴;写文章别具一格,却一点不用当时新进士的言语,这又是一痴;耗费资财千百万,弄得家里人饥寒,而他的神色却像小孩一般,这又是一痴;别人多次对不起他,而不怨恨,照旧信任,始终不怀疑别人会欺骗自己,这又是一痴。"于是大家都认为是这样的。虽然如此,但是他的乐府,可以说是狭邪的《大雅》,豪士的《鼓吹》,好的可与《高唐》《洛神》比美,下一等的,岂会比《桃叶》《团扇》差吗?

我年轻时,间或写过乐府,用来纵酒玩世。和尚法秀独责怪我"用笔墨劝人淫荡,依照佛法应该下犁舌地狱",可他就没有见过叔原的词作吗?虽然如此,那些富贵得意的人,屋里有美貌聪明女子，而主人又喜爱文辞，一定要用千金从市上买叔原词的善本，说："为什么无缘和叔原同时呢？"至于那少年的善士，早知酒色之娱；讲节操的腥儒，晚年懂得女色之乐，深受鼓舞，沉醉其中，等于用毒酒杀之而不悔，这就是叔原的罪过了吧！

黔南道中行记

绍圣二年(1095)初,黄庭坚被贬为涪州别驾,黔州安置。这篇记就是在由京师前往黔州的途中写的。文中叙述了游三游洞、虾蟆碚、黄牛峡等名胜的情景,险而有趣,令读者随之神游一番。在游历的同时,黄庭坚还亲自品味考正了黄牛峡茶及夷陵茶,表现了作者的求实精神。全文写景状物,引人入胜,是黄庭坚文中的上乘之作。

绍圣二年三月辛亥,次下牢关①,同伯氏元明②、巫山尉辛紘尧夫,傍崖寻三游洞③。绕山行竹间二百许步,得僧舍,号大悲院,才有小屋五六间。僧贫甚,不能为客煎茶。过大悲,遵微行④,高下二里许,至三游洞。一径栈阁绕山腹⑤,下视深溪悚人。一径穿山腹,黮闇⑥,出洞乃明。洞中略可容百人,有石乳,久乃一滴。中有空处,深二丈余,可立。尝有道人宴居⑦,不耐久而去。

厥壬子⑧,尧夫舟先发,不相待,日中乃至虾蟆磕⑨。从舟中望之，颐颔口吻甚类虾蟆也⑩。予从元明寻泉源，入洞中，石气清寒，流泉激激⑪。泉中出石腰骨，若虬龙纠结之状⑫。洞中有崩石，平阔可容数人宴坐也。水流循虾蟆背垂鼻口间，乃入汇耳。泉味亦不极甘，但冷熨人齿，亦其源深来远故耶！壬子之夕，宿黄牛峡⑬。

明日癸丑，舟人以豚酒享黄牛神⑭，两舟人饮福⑮，皆醉。长年三老请少驻⑯，乃得同元明、尧夫曳杖清樾间⑰，观欧阳文忠公诗⑱，及苏子瞻记丁元珍梦中事⑲，观只耳石马。道出神祠背，得石泉，甚壮。急命仆夫运石去沙，泉且清而归。

陆羽《茶经》记，黄牛峡茶可饮，因令舟人求之。有媪卖新茶一笼，与草叶无异，山中无好事者故耳。

癸丑夕，宿鹿角滩下。乱石如困廪⑳，无复寸土。步乱石间，见尧夫坐石据琴，儿大方侍侧，萧然在事物之外㉑。元明呼酒酌尧夫，随磐石为几案床座㉒。夜阑，乃见北斗在天中。尧夫为《履霜烈女》之曲。已而，风激清波，滩声汹汹，大方抱琴而归。

初，余在峡州，问士大夫夷陵茶㉓，皆云粗涩不可饮。试问小吏,云唯僧茶味善。试令求之,得十饼,价甚平也。携至黄牛峡,置风炉清樾间㉔,身候汤,手掬得味㉕。既以享黄牛神,且酌元明、尧夫,云不减江南茶味也。乃知夷陵士大夫但以貌取之耳,可因人告傅子正也。

---

① 下牢关:在湖北宜昌附近下牢溪口入江处,旧称下牢戍,为古代屯兵设防之处。两岸奇峰突起,形势险峻。　② 伯氏:大哥。元明:黄大临,字元明。　③ 三游洞:在西陵峡中灯影峡下游江北,距宜昌市十公里。唐元和十四年(819),白居易、元微之、白行简三人曾来此寻幽探胜,赋诗抒怀,并由白居易撰《三游洞序》,以纪其事,此洞始名"三游"。宋代苏洵、苏轼、苏辙父子三人也曾游此,人们称"后三游"。洞形成于峭壁的中部,背倚西陵峡,面临下牢溪,高岚深谷,山水秀丽。　④ 微行(háng):小路。　⑤ 栈阁:即栈道,在险绝的地方傍山架木而成的道路。　⑥ 黫(tǎn坦)闇:黑暗。　⑦ 宴居:闲居。　⑧ 厥:句首语助词,无义。　⑨ 虾蟆碚:一名虾蟆石。在西陵峡中黄牛峡下游南岸,距宜昌市二十五公里。山麓有大石霍然挺出,长二十八米,宽约七米,体呈椭圆形,形如虾蟆。头、睛、鼻、吻、颔惟妙惟肖,而背脊斑庖,尤为逼真。碚尾山腹有石穴,山中有清泉,泠泠倾泻于"虾蟆"的背脊和口鼻之间,漱玉喷珠,状如水帘,流入江中,名曰虾蟆泉。　⑩ 颐颔(hàn)口吻:下巴和嘴。　⑪ 激激:形容水清。　⑫ 虬龙:龙的一种。古代传说中的有角的龙。

黔南道中行记

⑬黄牛峡:在西陵峡中崆岭峡内,距宜昌市西四十五公里。因长江南岸的黄牛山上有一排陡峭石壁,作神人牵牛状,故名。　⑭享:祭献。　⑮饮福:祭毕,饮供神酒,谓受神之福,故曰饮福。　⑯长年三老:船上使篙和掌舵的船工。　⑰樾:树荫。　⑱欧阳文忠公诗:指欧阳修的《黄牛祠》一诗,题一作《黄牛庙》。　⑲苏子瞻记丁元珍梦中事:即苏轼《书欧阳公〈黄牛庙〉诗后》一文。苏轼在文中写道:"轼尝闻之于公(指欧阳修):'予昔以西京留守推官,为馆阁校勘,时同年丁宝臣元珍适来京师,梦与余同舟泝江,入一庙中,拜谒堂下,予班元珍下,元珍固辞,予不可。……既出门,见一马只耳,觉而语余,固莫识也。不数日,元珍除峡州判官。已而,余亦贬夷陵令,日与元珍处,不复记前梦云。一日,与元珍泝峡谒黄牛庙,入门惘然,皆梦中所见。予为县令,固班元珍之下,而门外镌石为马,缺一耳。相视大惊,乃留诗庙中。'"　⑳囷(qūn)廪:粮仓。　㉑萧然:寂寥貌。　㉒几案:茶几案盘,这里指桌子。床座:椅子座位。　㉓夷陵:今湖北宜昌。　㉔风炉:炊具。陆羽《茶经》:风炉以铜铁铸之,如古鼎形。　㉕抁(rǔ):即擩,意为沾。

翻译

绍圣二年三月辛亥日,停留在下牢关。我和哥哥元明、巫山尉辛纮尧夫,依着山崖寻访三游洞。绕山在竹林中行走二百多步,来到一所僧舍,叫大悲院,只有五六间小屋。和尚很穷,不能为客人煎茶。过了大悲院,沿着小路,走了二里多路,到达三游洞。一条架木而成的栈道盘绕山腹,往下看,深谷溪水令人害怕。一条小路穿过山腹,很黑暗,出了洞才见光明。洞内大约可容上百人,有石乳,很久才滴下一滴。当中有空处,二丈多深,人可站立。曾经有一位道人闲居于此,因耐不得久住而离去。

壬子日,尧夫的船先启航,不等待,我们的船中午才抵达虾蟆碚。从船上看去,下巴和嘴很像虾蟆。我跟着元明探寻泉源,进入洞中,石气清寒,流泉激激。泉水从石的腰骨中间流出,像曲折盘旋的虬龙。洞中有块崩落下的大石,又平又阔,可以容纳几个人宴坐。泉水顺着虾蟆背流到虾蟆鼻口间,才流入江中。泉水的味道不很甘,但冷得冰人牙齿。也许是泉源深、来源远的缘故吧!这天夜里,住在黄牛峡。

第二天癸丑日,船工用猪肉和酒祭献黄牛神。两只船上的船夫饮供神酒,都醉了。篙工和舵手请求暂不开船,于是我才能同元明、尧夫扶杖在凉爽的树荫中游玩,观看了欧阳修的《黄牛祠》一诗,以及苏轼所记丁元珍梦中事,看见了一只耳朵的石马。从神祠的背后出来,见到一条石泉,很大。立刻叫仆人清除沙石,泉水将清才回去。

陆羽《茶经》记载,黄牛峡茶可饮,因而叫船夫去买。一个老妇卖给我们一笼新茶,与枯草树叶无异,这是山里没有人喜欢从事茶艺的缘故。

癸丑日的晚上,宿于鹿角滩下。乱石好似堆在野外的粮垛,没有一点泥土。走在乱石间,看见尧夫拿着琴坐在石头上,他的

黔南道中行记

儿子大方陪侍在旁，萧然如在尘世之外。元明唤人拿酒并斟给尧夫，就大石作为几案床座。夜将尽，才见北斗在天中。尧夫弹奏《履霜烈女》之曲。不久，风吹涛波，滩上发声汹汹，大方抱琴而归。

当初，我在峡州，向士大夫打听夷陵茶，都说粗糙苦涩不可饮。试问小吏，说只有僧茶味道好。试让他去购求，买到十饼，价格很公平。带到黄牛峡，把风炉放在树荫下，我亲自烧开水，并用手沾茶试味。把煎好的茶祭献黄牛神之后，才斟给元明、尧夫，说不减江南茶味。由此方知夷陵士大夫仅凭外表评茶，可让人告诉傅子正。

中华文史名著精选精译精注(全民阅读版)
已出书目

书　名	导读人	审阅人
贾谊集	徐超、王洲明	安平秋
司马相如集	费振刚、仇仲谦	安平秋
张衡集	张在义、张玉春、韩格平	刘仁清
三曹集	殷义祥	刘仁清
诸葛亮集	袁钟仁	董治安
阮籍集	倪其心	刘仁清
嵇康集	武秀成	倪其心
陶渊明集	谢先俊、王勋敏	平慧善
谢灵运鲍照集	刘心明	周勋初
庾信集	许逸民	安平秋
陈子昂集	王岚	周勋初、倪其心
孟浩然集	邓安生、孙佩君	马樟根
王维集	邓安生等	倪其心
高适岑参集	谢楚发	黄永年
李白集	詹锳等	章培恒
杜甫集	倪其心、吴鸥	黄永年
元稹白居易集	吴大逵、马秀娟	宗福邦
刘禹锡集	梁守中	倪其心
韩愈集	黄永年	李国祥
柳宗元集	王松龄、杨立扬	周勋初
李贺集	冯浩菲、徐传武	刘仁清
杜牧集	吴鸥	黄永年

续表

书　名	导读人	审阅人
李商隐集	陈永正	倪其心
欧阳修集	林冠群、周济夫	曾枣庄
曾巩集	祝尚书	曾枣庄
王安石集	马秀娟	刘烈茂、宗福邦
二程集	郭齐	曾枣庄
苏轼集	曾枣庄、曾弢	章培恒
黄庭坚集	朱安群等	倪其心
李清照集	平慧善	马樟根
陆游集	张永鑫、刘桂秋	黄葵
范成大杨万里集	朱德才、杨燕	董治安
朱熹集	黄珅	曾枣庄
辛弃疾集	杨忠	刘烈茂
文天祥集	邓碧清	曾枣庄
元好问集	郑力民	宗福邦
关汉卿集	黄仕忠	刘烈茂
萨都剌集	龙德寿	曾枣庄
王阳明集	吴格	章培恒
徐渭集	傅杰	许嘉璐、刘仁清
李贽集	陈蔚松、顾志华	李国祥、曾枣庄
公安三袁集	任巧珍	董治安
吴伟业集	黄永年、马雪芹	安平秋
黄宗羲集	平慧善、卢敦基	马樟根
顾炎武集	李永祜、郭成韬	刘烈茂
王士禛集	王小舒、陈广澧	黄永年
方苞姚鼐集	杨荣祥	安平秋
袁枚集	李灵年、李泽平	倪其心
龚自珍集	朱邦蔚、关道雄	周勋初